UMA LADEIRA PARA LUGAR NENHUM

MARCO CARVALHO

UMA LADEIRA PARA LUGAR NENHUM

1ª edição

EDITORA RECORD
RIO DE JANEIRO • SÃO PAULO
2014

CIP-BRASIL. CATALOGAÇÃO NA PUBLICAÇÃO
SINDICATO NACIONAL DOS EDITORES DE LIVROS, RJ

C325u Carvalho, Marco
Uma ladeira para lugar nenhum / Marco Carvalho. – 1. ed. –
Rio de Janeiro: Record, 2014.

ISBN 978-85-01-03136-5

1. Romance brasileiro. I. Título.

14-11088
CDD: 869.93
CDU: 821.134.3(81)-3

Copyright © Marco Carvalho, 2014

Texto revisado segundo o novo Acordo Ortográfico da Língua Portuguesa.

As citações foram retiradas da Bíblia Sagrada publicada pela American Bible Society em Nova York, 1902, traduzida para o português pelo Padre João Ferreira de Almeida.

Direitos exclusivos desta edição reservados pela
EDITORA RECORD LTDA.
Rua Argentina, 171 – 20921-380 – Rio de Janeiro, RJ – Tel.: 2585-2000

Impresso no Brasil

ISBN 978-85-01-03136-5

Seja um leitor preferencial Record.
Cadastre-se e receba informações sobre
nossos lançamentos e nossas promoções.

EDITORA AFILIADA

Atendimento e venda direta ao leitor:
mdireto@record.com.br ou (21) 2585-2002.

Se eles têm três carros, eu posso voar
Se eles rezam muito, eu já estou no céu

"Balada do louco", Os Mutantes

Primeiras palavras

Vai bem longe o tempo em que se derrubou o Morro do Castelo por motivos absurdos, acobertados pelas desculpas mais esfarrapadas, como, por exemplo, a de que a pequena montanha onde se ergueram os primeiros prédios oficiais da cidade do Rio de Janeiro era um empecilho à circulação do ar na região do Centro. Hoje, não há quem seja capaz de afirmar que algum ar consiga circular por entre aqueles prédios todos que construíram na esplanada.

Alguns dramas acontecem durante outros ainda maiores, mas não é trabalho do escritor medir ou comparar emoções, desafetos e a indiferença social, quando não o desprezo de classe. O trabalho do escritor é inventar. Às vezes isso importa mentir algumas verdades para um leitor imaginário. Esse drama nos acompanha todo o tempo desde antes da República. Um patrimonialismo que deu no que deu. Todo mundo sabe o que é o Brasil. Todo mundo sabe que pode ser diferente. Mas apenas os que cultivam o fogo sagrado da indignação fazem o seu brado retumbar em páginas e esquinas improváveis.

Lucram desde sempre com obras públicas empreiteiros e governantes corruptos. A população que sabe dar a volta, quando tem volta, por baixo, ou por cima, disso tudo que temos de contornar para viver apenas se aproveita. A vida é feita dessas pequenas conquistas que se fazem à margem do sistema, e apesar dele. A vida também é feita dos afetos que se dão e se vão para algum lugar do passado. Porque é o presente que requer a nossa permanente atenção.

É espantosa ao longo da história a capacidade de resistir das pessoas que são espezinhadas pela arrogância de quem manda e desmanda. Não se sabe como não se viu o sangue escorrer dos narizes e das caras dos arrogantes até hoje. Não se sabe quando os arrogantes e os arregados vão tomar vergonha na cara. Um escritor nem sempre tem essas respostas, sabe apenas que precisa fazer as perguntas. Por que as coisas não dão certo? Por que um país, uma cidade, um amor precisa dar errado?

Reto é tudo o que o caminho do amor não é, porque é sinuoso o desejo. Retilínea e coerente, mas implacável, é a dor. Entretanto, ainda que ela esteja na origem e na essência dos mais lindos sambas, não explica por que um amor não dá certo. O desamor tem muitas justificativas. Já o amor não tem lógica, não deve explicações, e as suas possibilidades são infinitas. Não é a realidade que o afeta e mina com suas vicissitudes. É justamente o contrário. Não há imaginação que resista ao desamor. Quando não há imaginação, a realidade, qualquer que seja ela, acaba vencendo, para o gáudio dos covardes.

Intensos são os amores, porque precisam ser assim. Imaginários ou não, mas intensos hão de ser para que façam algum sentido. O sentido que quem escreve ou lê procura a vida toda, e merece encontrar. Graças a um deus qualquer não vou morrer sem ter ao menos tropeçado nele. Perdidos não foram os passos dados nessa direção, mas algo terá se desencontrado para sempre na vida de quem não procura.

As palavras fazem o sentido que emprestamos a elas. O amor é barroco e paneja as vestes de quem ama descalço de vaidades. Alguém entenderá o que se pretende com todas as palavras que se seguem a estas primeiras. Haverá no mundo quem se comova com esta história que a imaginação construiu sobre demolições de uma realidade que na verdade não mudou. Porque ainda vão fazer outras obras na cidade com os mais variados pretextos. Ah, se vão.

O autor

1

Por mais que assim quisessem os deuses estranhos que ela andou a cultuar, furtiva e hesitante, entre danças e batuques, esgueirando-se à noite por sombras e ladeiras com alguidares e oferendas até lugares ermos e encruzilhadas, por mais que se aterrasse todo o vasto mar com o entulho suspeito da demolição de todas as montanhas da terra, por mais que se dissolvesse em escombros sob seus pés o próprio chão em que pisava, para o bem ou para o mal, nunca mais ele a esqueceria. Nunca mais ela deixaria de se lembrar dele nas suas melancolias. Nunca mais.

A bem dizer, ele se lembrava dela desde o primeiro dia, quando a mulata entrou igreja adentro, passadas calmas e compassadas, como que obedecendo aos tumbares de um ritmo antigo, ancestral, atávico, que fazia todo o corpo dela menear dolentemente e soar cadências, como um mar que jamais se desmancharia em ondas vulgares e espuma à beira de uma praia qualquer. Contida, serena, a cabeça envolta num rico turbante estampado, o perfume ativo de um raminho de arruda discretamente assentado sobre uma das orelhas, não se sabe como, misturava-se aos entretons da pele dela. O andar daquela mulher ondulava com vagar e graça as muitas anáguas engomadas e brancas por baixo da saia tão estampada como aquele ojá caprichosamente enrolado, e arrematado por uma espécie de laço que se abria em duas pequenas abas no alto da cabeça.

Com um sorriso tão docemente insinuado que bem poderia ser tomado por alguma ironia, ela avançou pausada, refletida, mansa, mas ecoando os saltos das chinelas nos ladrilhos do piso da igreja, e disse a ele que precisava muito se confessar. Num ato quase reflexo, Padre Ernesto persignou-se e, com a outra mão, indicou a direção do confessionário todo bordado de entalhes em jacarandá, que ficava numa das laterais da sacristia. Quando a mulata se ajoelhou junto às delicadas treliças de palhinha que separavam o velho padre, que rezava e pecava lá dentro, com a portinhola fechada, do resto dos pecadores aqui fora, Ernesto afastou-se. Mas sem tirar os olhos dela, da beleza rara e fresca que a presença daquela mulher espargiu no ar circunspecto e um tanto abafado da igreja. Aquela mulher era uma verdadeira graça. Uma bênção que se movia no mundo.

Aquilo poderia ser coisa de umas dez, dez e meia da manhã, talvez antes um pouco, se ele não estivesse se enganando à larga com a posição da sombra do umbral na soleira de pedra de cantaria da antiga matriz de São Sebastião. No dia seguinte, ainda antes de a sombra assumir o mesmo comprimento sobre a pedra banhada de sol, a mulata voltou com suas saias e remelexos, que fizeram balançar nele tantas e tantas coisas.

Rosário encontrou o padre pensativo com os botões da sua desbotada batina, parado no mesmíssimo lugar do dia anterior, mas desta vez ela atravessou o ladrilhame da igreja pelo outro lado, pelo canto onde ficava o confessionário. Sorriu tão timidamente um cumprimento que apenas vincou dois suaves sulcos de expressão na maciez da pele do rosto, um de cada lado da boca, que colocaram toda aquela timidez — ou ironia — como que entre parêntesis. Ele inclinou a cabeça levemente para a frente, devolvendo o cumprimento numa atitude condizente e recatada. Mas ela não estancou seu rumo. O padre se voltou para poder vê-la passar, as vestes coloridas e o turbante, sempre se embalançando, as coisas todas já a farfalhar sem nem a desculpa de um vento qualquer. Mas só fez isso depois de dar o tempo que julgou necessário para que ela se afastasse o suficiente e não flagrasse no olhar dele os devaneios que o visitavam desde o dia anterior. Só então se permitiu espichar o pescoço na direção das generosas ancas da mulata. Mesmo assim, mesmo com esse cuidado, lá de longe, apenas com o rabo do olho, ela saboreou o padre se voltando para olhá-la. Só não teve como ver depois o religioso se persignar de novo, e de novo, e outra vez. Várias vezes. Numa tentativa inútil de afastar de seus pensumes algo que neles já se havia irremediavelmente instalado.

Padre Ernesto conhecia o desejo já de rapazola. Vivia uma enterna luta contra ele, desde os tempos do seminário. Umas vezes perdia, outras ganhava. Mas nem sempre lutava com a mesma determinação, nem em todas as vezes com o mesmo sincero afã de evitar os desatinos dos seus quereres. O amor de seu deus era misericordioso e bom, mas não tinha beijo. Mais de uma vez havia sucumbido à dor e à delícia de desejar, e outras tantas à de ter o que de ninguém se pode ter, senão por instantes breves e fugidios. Porque, tirando esses incertos momentos efêmeros, o resto do tempo todos só fazem sofrer, por tentar perpetuar o amor que é feito de carne e ternura, de sorrisos felizes e outras coisas instáveis, como as nuvens de um céu qualquer de outono.

Ele já havia se deixado capitular mais de uma vez na vida. Em algumas — que Deus o perdoasse — de caso pensado, premeditadamente, porque compreendeu sua pequenez diante do soberbo que é o amor que se busca e se realiza, e se regozija de realizado, mesmo quando se quer modesto, mesmo quando também precisa ser discreto, como no caso dele, pároco de almas pias e de fiéis beatas distraídas em santos, penitências e promessas. Porque não foi Jesus mesmo que disse que devemos nos amar uns aos outros? Com diligente sagacidade, Ernesto apenas interpretou convenientemente o mandamento, estabelecendo a possibilidade do obsequioso exercício desse bem-querer caso a caso, como foi com cada uma daquelas com quem sucumbiu fragorosamente. Já se disse que amar é se aproximar de Deus. Ernesto então era o bom vizinho do divino. Sim, tinha lá os seus conflitos, mas sabia que pelo amor se redimiria, e que Deus, se generoso e bom como nas escrituras, haveria de perdoá-lo no final.

Rosário, na verdade Maria Idalina do Rosário Gonçalves, se casou muito cedo para atender aos interesses da família e pela insistência daquele noivo arranjado e gordo. Bem-posto na vida, sim, mas de bigodes grossos e mal aparados como a sua alma. Os vastos bigodões que se derramavam sobre os lábios finos e econômicos eram como uma compensação para a calva precoce e pronunciada, uma tonsura natural, mas extravagante naquele ser irreligioso. Dono de armazém onde tinha freguesia cativa e de casas de aluguel na rua do Cotovelo, também tinha um apetite voraz por comida e uma sede bestial por vinho vagabundo. Mais de seis anos e um filho depois de casada, a mulata ainda conservava o seu jeito brejeiro e esperto, ainda que muito bem recoberto por sucessivas camadas de discrição e sonsices variadas para aplacar o ciúme embriagado do marido.

De sua família não tinha mais notícias havia muito, mas guardava lembranças. O cheiro macio da pele da mãe no meio de só asperezas. O pai rude e trabalhador, mas que perdia tantas vezes o rumo de casa pelas tabernas do caminho e em outras ainda mais distantes e suspeitas aonde a bebida o levava, as pernas trôpegas, as mãos duras e avaras de qualquer carinho. As surras que a mãe levava por oferecer as mais simples ponderações aos descalabros em que o pai enveredava quase todos os dias. Os irmãos mais velhos e mais interessados nos seus próprios destinos do que nos sonhos da menina delicada e sensível que quis sempre ser. Uma vida sem bonecas, de penúrias e constantes ressacas paternas. A mãe definhou lentamente com algo que a consumiu por dentro, como se aquela vida já não consumisse qualquer pessoa. Segurou a mão dela junto ao rosto no leito até o fim, até que a morte levou também o cheiro bom da pele dela.

Rosário ainda era bem jovem quando o grosseirão pôs nela os seus olhos esbugalhados de cobiça. O pai devia grande soma no armazém de Aurélio. Ela é que teve de ir até lá para negociar prazos e preços antes que o cotidiano deles se comprometesse irremediavelmente. Os irmãos já haviam cada qual se lançado à caça de outro destino. E na vida certas coisas não têm volta. Rosário lavava roupa para fora a fim de pagar o de-comer e o de-beber que o pai fiava nas vendas. Quantos anos teria? Dezesseis? Dezessete talvez. Ela já não contava. Já não alimentava ilusões nesse tempo. Mais precisava era trabalhar para comprar a própria comida do que contar os anos duros que já havia vivido. Teve de ir várias vezes ao armazém do português de bigodes salafrários e grossos, fosse porque a dívida era alta e demandava negociar, fosse porque o pagamento, por essa mesma razão, houvesse de se fazer em muitas parcelas. A Rosário bem que pareceu, de início, despropositada a delonga, mas notou, além disso, desde as primeiras vezes, que o lusitano se desmanchava em facilitações suspeitas para o lado dela. Desconfiou e esperou. Estava certa. Com calculado desdém, resistiu pelo tempo adequado aos assédios nem sempre sutis daquele barrigudo de bigodes. Ao fim, tudo se arranjou.

Não era propriamente um bom começo, nem exatamente o destino com que Rosário sonharia — isso se ela sonhasse —, mas era melhor do que lavar montanhas de roupa para comprar cachaça e limpar todos os dias o chão em que o pai vomitava à noite. Ela viu no casamento com o dono do armazém uma solução capaz de atender a todos. A mulata, que não amava Aurélio nem gostava do modo como ele olhava para os seus entresseios que emergiam discretamente de moderados decotes, por essa mesma razão, não hesitou, a não ser externamente, para preservar o necessário recato, em arranjar uma hora sóbria para o pai ouvir a proposta do português bigodudo. E ainda antes que todas as palavras, pedidos e intenções que são de se dizer nestas situações escorressem por baixo dos bigodes dele, ou que o pai erguesse o primeiro brinde, a mulata sorriu sem parêntesis o seu assentimento. O casamento foi marcado, a dívida perdoada, e todos se deram por satisfeitos. Até ela, que pôde sair da casa paterna. Ainda que sem saber bem que talvez só estivesse trocando mesmo era de casa, mudando apenas de endereço, porque continuaria a viver na mesma cidade, no mesmo bairro, e provavelmente no mesmo inferno.

Na terceira vez em que a mulata veio à igreja de São Sebastião, usava um vestido branco que, mesmo um tanto sovado, não estava encardido pelo tempo, nem puído em um mínimo ponto que fosse pelas agruras do uso. Também não estava de turbante, e usava um xale de florezinhas coloridas e delicadas. O cabelo trançado em minúcias. Ao entrar, circulou discretamente o olhar em torno, procurando o padre por toda a nave e pelas laterais da igreja, mas nem padre, nem missa, que ainda não era hora. Deu-se conta de que havia uma ou outra pessoa sussurrando suas penitências, sozinhas, em bancos salteados. Recompôs-se da curiosidade que sentiu e continuou seu caminhar ondulante na direção da sacristia.

Padre Ernesto havia se mudado fazia relativamente pouco tempo para aquela freguesia no alto do morro de onde se dominava toda a cidade e a entrada da barra, mais além. Vinha, não se sabe de onde no interior, para uma longa temporada. Deteve-se por algum tempo oficiando missas na igreja de Bom Jesus da Coluna, junto ao asilo dos heróis mutilados pelas batalhas de guerras antigas e esquecidas, como as do Tuiuti, Condestado, Canudos e tantas outras. Apenas nomes sem pernas, caolhos e sem braço, coxeando nas memórias de cada um que flanava pela rua do Ouvidor. Foi para lá que o religioso foi mandado, após um episódio desagradável no qual se viu metido. Mas ficou na ilha de Bom Jesus apenas o suficiente para que cumprisse efeito a carta que enviara ao bispo desfazendo a intrigalhada medonha e desrespeitosa em que foi, segundo ele, injustamente envolvido por aquela gente interiorana e mendaz com quem tinha vivido os últimos anos.

O sacerdote não aparentava naquela época as mais de quarenta primaveras que tinha. De tanto ouvir nos confessionários as desventuras da miséria humana, a degradação das almas em egoísmo e lascívia, talvez até se sentisse mais velho do que era. A verdade é que não aparentava. Isso, quem sabe, pudesse ser atribuído ao fato de que, vez por outra, também escutasse coisas interessantes, como as que estava prestes a ouvir naquela hora.

Rosário ajoelhou-se compungida sobre o genuflexório almofadado do confessionário e curvou a cabeça para a frente, dobrando um pouco o corpo. Foi o que bastou para que o xale escorregasse e deixasse revelar a pele acetinada e as penugens da nuca e do pescoço, o que encantou Ernesto, que, sem poder ser visto, viu tudo isso através da treliça. Com uma voz calma, melodiosa e pausada, a mulata começou a murmurar suas vicissitudes. A primeira coisa que disse foi que não, que não havia pecado, mas que tinha tido muita vontade. Porque a situação em casa havia piorado muito desde os dias anteriores. O marido perdera totalmente qualquer senso que pudesse ser chamado de bom. Perdera a medida das coisas e agora apenas o desmedido era o que regulava o viver dela e do filho. O padre cavou uma voz grave, que normalmente não tinha, e pediu em um tom bem baixinho que ela continuasse. A mulata então disse que era — só podia ser — penitência a vida que vinha levando com Aurélio desde que haviam se casado. Uma vida de porres e asperezas. Por causa disso, por causa dessa penitência que pagava antecipadamente todos os dias, ela até poderia, se quisesse, pecar pelo resto dos anos de toda a sua vida. Rosário, a cabeça inclinada, do lado de fora das treliças, não viu o padre quase sorrir nesta hora. Nem poderia. O quase sorriso de Ernesto foi um pouco por condescendência, outro tanto por um sentimento estranho que lhe percorreu a alma bem ali, naquela hora, mas que ele não conseguia nomear. Havia naquele modo de ver as coisas, naquele desejo confesso de pecar, naquele cogitar pecaminoso — porque se peca, sim, por pensamentos, palavras e obras — uma vontade de resistir. E, enquanto se resiste, há esperança.

Ela foi desfiando o seu rosário de infortúnios ainda antes de receber as penitências regulamentares. O terço embolado entre os dedos, as unhas mal calafetadas de sabão e trabalho, mas prontas para se cobrir com todas as vaidades e cuidados que uma mulata vistosa como ela teria direito, se justiça houvesse neste mundo. Ernesto sabia reparar certas coisas numa mulher. A mulata contou que no dia anterior o marido havia bebido mais do que o de costume — e o costume era beber muito — e, por esse motivo, havia descontado no próprio filho todo o mal-estar da vida que levava, havia muito, de ressaca em ressaca, azedo e bambo do mundo.

Os negócios iam mal, descuidados, compromissos não cumpridos, os credores sobrevoando os destroços daquela vida desregrada. Como urubus à distância de ainda poderem ser confundidos com gaivotas. A ruína consumindo lentamente o dia a dia da família, o armazém minguando cada vez mais em lucros, e o parco dinheiro que ainda era possível arrecadar transformado em mais bebida e mais ressaca. Um círculo vicioso e rançoso de degradação e mixórdias. As casas da rua do Cotovelo precisariam ser mesmo vendidas para manter os urubus sobrevoando a uma distância que ainda pudesse ser considerada segura.

Rosário houve de se interpor entre a mão pesada e bêbada de Aurélio e o menino, porque era escandalosamente brutal surrar imerecidamente uma criança incapaz de compreender tamanha violência. Ao pequeno era concedido apenas sentir o peso e a barbaridade da injustiça. Mas isso, não. Isso ela não havia permitido. A atitude custou-lhe um hematoma no braço e pelo menos um dente a Aurélio, que, com a reação dela, perdeu o equilíbrio antes de bater com a boca na quina da pesada mesa da sala e esboroar-se no chão e por lá mesmo ficar, sangrando bastante, até que a raiva dela passasse. A mulata não o socorreu antes disso. Nem antes que pesasse as consequências, as repercussões. Depois pensou no volume dos falatórios da vizinhança. Só aí desistiu de deixá-lo la, para sangrar pelas fuças até quando Deus desse. Então, nem tanto por se compadecer, mas por melhor atender às conveniências das aparências que uma mulher precisava manter naquele tempo, em nome do bem viver, ela o havia socorrido. Sendo assim, ela havia cuidado dele, sim. Ele que nem merecia. Porque, ao acordar, nem se lembrou de onde havia se machucado, nem como. Menos ainda por quê. Portanto, pecar não, não havia pecado, mas teve, sim, muita vontade.

Padre Ernesto, na penumbra do confessionário, riscou com os dedos indicador e médio uma cruz no ar, e, sempre com aquela voz cava, pausada e sussurrante, repetiu fórmulas no seu melhor latim, e perguntou se o arrependimento era sincero. Em seguida, recomendou recato, piedade, compaixão e prescreveu, além de tantíssimos padres-nossos, uma quantidade proporcional de ave-marias. Rosário desajoelhou-se com leveza e graça, numa agilidade que também encantou o padre. Depois, tomou um lugar equidistante dos demais já ocupados esparsamente por outras almas pecadoras. Escolheu um claro no meio dos depauperados bancos daquela que já havia sido a igreja matriz, dedicada ao padroeiro da cidade, e foi ruminar suas preces. Ernesto ainda precisou esperar um bom tempo antes que padre Laurêncio voltasse para o seu posto no confessionário. Assim que ele fez isso, saiu e contornou a sacristia pelo outro lado, para que Rosário não percebesse que havia sido com ele, e não com o velho Laurêncio, como nos dias anteriores, que ela havia compartilhado os mais novos capítulos de suas agruras.

2

Os picaretas e as ferramentas que se juntaram para botar abaixo o casario que imprensava ruas estreitas, calojis e pensões, para abrir a avenida Central, tropeçaram no Morro do Castelo. Para arredar o morro do caminho da avenida e do progresso, precisaram remover a parte dele que insistia em se atravessar inoportunamente com sua história sobre as ideias afrancesadas do que seria uma civilização pronta para resplandecer nos trópicos, desde que também fosse possível se livrar daquela raça de gente amestiçada de mulatos, pretos e pardos, de todo aquele povo acastanhado que insistia em perambular sem dentes e sem sapatos por onde se queriam os comércios, as modas, as elegâncias, as tiradas de espírito. Para tanto importava-se gente branca, a bem de povoar as terras e as calçadas com bons hábitos.

Para um ou outro muzungo da raça, para esta ou aquela pretinha da terra, com bons dentes, seios firmes e talento para o fogão, até se poderia tolerar que desfilasse seus maus modos, o seu jeito desbocado e atrevido, pelas calçadas recém-construídas. Era pitoresco e enfeitava. Contrastava a cor local e trigueira com aquele azedume entediado de si que se aprendia a cultivar na Europa, e que se replantava aqui sem esquecer nem os trejeitos. Mas não mais do que isso, para não denegrir o projeto civilizatório concebido como se as casas não tivessem cozinhas, banheiros para limpar, serviços para fazer, como se os solares e chalés só tivessem saguões e salas para saraus e conversas amenas.

Tem também, dizia-se, que o Morro do Castelo era um acintoso entrave à circulação de ar, propiciando que miasmas deletérios propagassem toda sorte de doenças e pestilências sobre as bem-nascidas almas que haveriam de flanar suas despreocupações sobre os passeios da nova avenida. Havia mesmo que removê-lo. Os ventos marinhos não conseguiam ultrapassar a barreira empedernida dos séculos de colonização lusitana que ele representava. Lufadas vinham frescas e airosas do mar, mas esbarravam nele e não logravam renovar o ar rançoso que se entranhava nos sobrados espremidos entre aquelas ruelinhas apertadas e travessas mijadas. Entretanto, logo no primeiro enfrentamento de seus contrafortes, as ferramentas e os picaretas se depararam com túneis e corredores de que só se sabia da existência em lendas antigas e nas imaginações incandescentes de loucos, abestalhados e vivaldinos de toda sorte. Vários deles tentaram, e alguns até conseguiram, obter dos governos concessões e privilégios para escarafunchar o pequeno monte em busca de tesouros e segredos.

No alto do Morro do Castelo estavam as primeiras construções oficiais do Rio de Janeiro. Estava lá a fortaleza de São Sebastião, símbolo sólido em grossos muros, rijos de cal e de pedra, da derrota dos franceses quando da fundação da cidade. Lá se ergueram também o colégio dos Jesuítas e a igreja de São Sebastião, santo padroeiro, onde ainda estava enterrado o coração flechado de Estácio de Sá. A pequena e atrevida montanha que havia resistido tão bravamente aos franceses, nas sequentes e renhidas lutas contra os corsários enviados pelos luíses e felipes lá de onde o rio chamado Atlântico fazia a curva, poderia agora perder a batalha para um afrancesamento tardio e buliçoso. Na verdade, apenas um modo saltitante e frívolo de se pensar e estar, num mundo cada vez mais afetado pela hediondeza do dinheiro a sobrepujar as almas e os corações.

Desde que o atrevido salteador Jean-François Duclerc veio de França, armado até os dentes em suas naus com seus mil homens de guerra, desde que ele se aventurou, tentou e acabou preso e morto na prisão em circunstâncias muito mal explicadas, ao exigir cruzados e riquezas que sabia existirem com os jesuítas, que a imaginação do povo ganhou asas. Um ano depois, outra expedição de corso ainda mais armada. Dezoito navios, cinco mil homens em armas. Chamava-se Duguay-Trouin o outro corsário que também exigiu cruzados e riquezas, mas dessa vez a cidade pagou o resgate exigido, não os jesuítas, porque lá ninguém achou nada. Nem uma peça de ouro, nem uma colherinha de prata, nem uma gema, um brilho qualquer que fosse que justificasse a empreitada. Na certa os jesuítas haviam malocado tudo nos seus subterrâneos secretos. Desde esse tempo antigo que o veio da imaginação ficou aberto para os delírios opulentos de cada um que sonhava com pedrarias, joias, colares, estátuas em ouro maciço e outras asneiras.

Já fazia muitos anos que o operário Nelson não sei de quê havia atingido os intestinos do morro. Pelo jeito, o intestino grosso, porque em nada mais deu do que em malcheirosas conclusões. Nisso nem pensava padre Ernesto agora, enquanto olhava o sol se desmanchar em amarelos e laranjas quase vermelhos, depondo suas armas num horizonte praticamente sem nuvens. Os outros caminhos, que ele só conheceu depois, continuariam secretos. Outros túneis e acessos subterrâneos ainda podiam ser usados. Por serem independentes e nem sempre se comunicarem com as passagens subterrâneas ruidosamente descobertas, permaneceram intocados. Felizmente não chegaram a ser vazados pelos picaretas.

A descoberta das galerias compridas e estreitas, lá atrás nos anos, nos idos de 1905, reacendeu nos moradores do Morro do Castelo um antigo fervor.

Todos se incendiaram novamente da febre de cavar e cavar os chãos. Quem tinha um quintal cavucava, quem não tinha cavucava o do vizinho. Fosse por intuir com seus santos, ou outras crendices, todo dia alguém empreendia um poço, uma escavação qualquer, um buraco. No mais das vezes, com base numa informação entreouvida não se sabe onde a que dava fé como se de fonte certa. De tudo se fazia na busca do local exato onde furar para alcançar a galeria que desembocaria num grande salão estruturado em arcos e abóbadas, onde descansavam canastras e baús de moedas, dobrões, ouro e pratarias antigas, gemas, talheres, estatuária preciosa jazendo pelos cantos, espiando o escuro dos anos com olhos espetados de pérolas, sorrindo rubis e esmeraldas.

Mas não era por riquezas assim que suspirava padre Ernesto, mirando lá do alto do morro as réstias alaranjadas de sol no horizonte. Era pela mulata. Era por ela que o mundo dele se amansava e que algumas inquietações se aninhavam em sua alma. Era por causa de toda aquela brandura e meiguice que se derramava dos olhos castanhos dela sobre os pensares de Ernesto que o mar todo se desencrespava ao longe e rebrilhavam no crepúsculo umas cores de alvorada. *Desvia de mim os teus olhos, porque eles me perturbam.* Estava escrito. Na Bíblia estava assim, no livro dos Cantares 6.5. Mas o coração do padre já se perdera para os olhos castanhos de Rosário, doces e duros como um pedaço de rapadura. Era também por causa da mulata e de seu jeito manso de sorrir, mas que desenhava nos lábios carnudos dela umas ironias tão discretas quanto insidiosas, que as ondas se quebravam umas sobre as outras contra as pedras, lá embaixo, borrifando espumas na amurada da praia de Santa Luzia.

Quando uma mulher amansa e faz mover o mar é porque já causou no coração de um homem. É disso que trata o amor, de mar e de mistérios. Mas o padre nem se dava que tudo isso estava acontecendo. Ernesto ainda convivia com os pensamentos de que padre é padre, ainda que se dê a safadezas, e homem é homem, ainda que tenha o coração grávido de religiosidades.

Assim foi que teve um dia particularmente ensolarado e calorento em que, voltando de desembaraçar umas coisas na cidade, subindo pela ladeira da Misericórdia, meio que se deixando levar pela fresca abençoada vinda do mar, que lhe entrava por baixo da batina, e olhando a praia de Santa Luzia lá embaixo à sua esquerda, na sombra rala de um cajueiro, ele deparou-se com Rosário, pela primeira vez fora da igreja. O morro era salpicado de pedaços de ruínas, coisas que o tempo maltrata e carcome, mas onde o limo não adere porque tudo ainda está em uso. A mulata estava estendendo roupas para quarar sobre as lajes de pedra e as velhas amuradas que guarneciam o morro desde os tempos antigos. Teve ímpetos de dirigir-se a ela, o coração quase lhe vem à boca junto com a saudação, mas o prudente receio de que alguma alma desavisada atravessasse aquele momento com embaraços e a necessidade de uma explicação fizeram o padre conter a efusividade que ensaiava e dirigir a Rosário apenas um aceno murmurado de bom dia. Murmúrio que com certeza a mulata deve ter escutado, porque respondeu com um sonoro e risonho cumprimento, que fez acompanhar de uma suave mesura que, apesar de se querer contida e respeitosa, tinha algo de desconcertantemente sensual.

Deu-se então que, desconcertado, o padre tropeçou na saliência pedregosa e ainda ensaboada da ponta de uma laje. Isto o fez, para não cair, riscar no ar com pernas e braços em desarvoro, uma involuntária pirueta, e a mulata não conseguiu conter o riso. Ela riu a risada gostosa e aberta que a cena pedia, sem maldades. Ele se reajeitou e riu também, porque foi engraçado, e, desde esse dia, entre eles estabeleceu-se, mais do que certa cumplicidade, uma ponte por onde atravessaram olhares, admiração e sentimentos cada vez mais fortes. O olhar de Ernesto debruçava-se sobre o dela em cada pequeno fortuito esbarro na entrada ou saída das missas, no caminho para o confessionário, ou em outros acasos que só ao desejo sabe premeditar. Cada vez que se cruzavam, Rosário também deixava o olhar dela mergulhar nas piscinas verdes dos olhos dele, até que o padre quase se afogasse nas próprias águas. As coisas foram se passando assim, discreta e platonicamente, por muitas novenas, meses a fio, muito tempo mesmo. Muitas tardes gastou o padre se ardendo em devaneios, olhando o sol se deitar.

Nos altos do pau da bandeira, de onde eram trocadas com flâmulas e bandeirolas as comunicações com a fortaleza do outro lado da baía, sobre as embarcações que entravam na sua barra, os reflexos do crepúsculo nas águas do mar atravessavam os seus pensamentos com divagares insensatos, com desejos ondulantes, com quereres irremediáveis. A mulata subia e descia as ladeiras dos seus pensares com a graça toda dos seus remelexos e sempre olhando para ele feito que de soslaio, como deu de fazer depois de um tempo, um tanto para disfarçar, outro quanto para provocar. Como se precisasse. Porque bastava às vezes um cheiro bom de ervas, a memória de um sorriso dela, para acender nele as labaredas que lhe consumiam os resquícios de escrúpulos e zelo. Bastava a ela uma lembrança de um olhar molhado de verdes e desejo para que Rosário elevasse também os olhos, procurando o céu e os altos da torre da igreja de São Sebastião, que podia avistar da janela da sua cozinha, enquanto preparava o almoço ou o caldo para a ceia.

Deste ponto em diante, não demorou nesga para que se consumasse. Numa tarde daquelas em que o sol remancheava para se pôr, Ernesto já nem se preocupando em tomar o lado da sombra, porque sol mesmo quase não havia, já meio adernado que estava no horizonte. Então andava ele em passinhos mansos, pela calçada dela, fingindo um esmo, para poder apreciar, lá do joelho da ladeira, as luzes quentes do ocaso, quando deu com a mulata saindo de casa, apressada a recolher a roupa quarada tarde afora, antes que o sereno lhe molhasse todos os lençóis e as brancas roupas de novo, porque já se via a estrela vésper, e uns tons escuros de céu vinham crescendo desde os lados da entrada da baía. Vinha Rosário abraçada a um cesto e alguma surpresa demonstrou ao vê-lo. O padre, ágil e serelepe, desviou dela, a fim de ceder-lhe a passagem na calçada, mas a mulata, graciosa e inesperadamente, desfez sem querer a intenção dele, fazendo um movimento igual, para o mesmo lado que ele. Ernesto correu a se corrigir e deu rápido outro passo para o lado contrário, e ela o seguiu com inusitada sincronia de movimento, aparentemente com a mesma intenção de deixar-lhe a passagem. Ele tentou desviar, mais uma vez, mas o pé dela, ao desviar também, para o mesmo lado outra vez, agora pisou de leve o dele. Interromperam o estranho balé vespertino improvisado na calçada ausente de almas. Ficaram muito próximos. Arfantes, riram-se de si mesmos. Quase gargalharam, mas calaram-se e, de repente, de tão próximos que estavam, os lábios dela se desabrocharam em umidades e eles se beijaram.

Nunca ele havia sentido tanta delicadeza inundar-lhe a alma, nunca tanta entrega, tanta ternura e mansidão. Uma consumição prazerosa a lhe apaziguar e a desaquietar outro tanto. Aqueles lábios generosos e molhados eram a porta aberta de um insano castelo de delicadezas. O coração dele se desmanchava em delícias. Ela, até aquele dia, nunca havia percebido as umidades todas que um beijo pode suscitar numa mulher. No sabor molhado dos lábios dela pareciam estar inscritos versículos inteiros de Salomão, como nos Cantares 1.2: *"Beije-me ele com os beijos da sua boca; porque é melhor o teu amor do que o vinho."* Nunca ela havia antes se dado conta do quanto uma língua atrevida e molhada, de percorrer em minúcias os recantos de sua boca, podia calar promessas e realizar fantasias.

Tanto o carinho quanto a saliva a se multiplicarem como pães e peixes de um milagre profano e, todavia, ainda assim, igualmente terno. O coração dela também se deu a desmanchares. O mar e a cidade, estava tudo lá embaixo, lá longe. Apenas os ecos das ondas e das coisas distantes os alcançavam. O alto do morro era mais perto do céu. Tinham a sensação de quase levitar, talvez porque no céu mesmo, onde nada é concreto, consoantemente, ninguém anda. E nenhuma conjectura precisa fazer qualquer sentido, graças a Deus.

Aquele brevíssimo momento teve uma duração intensa e imprecisa. Tudo esteve suspenso por um tempo imponderável. Até que, entre os ruídos distantes, emergiu o de passos sobre as pedras do calçamento, que se aproximavam ladeira acima. Subitamente, os dois compreenderam a imprudência toda de que o amor é capaz. Aflitos, separaram-se apressadamente, cada um para o seu lado. Ele ladeira abaixo, justo na direção dos passos, para disfarçar, e poder voltar depois, mas sem as pressas. Ela, por sua vez, voltou com o cesto para dentro de casa, para logo depois sair a recolher as roupas, também sem levantar suspeitas. Naquela semana, por prudência, evitaram o quanto puderam qualquer proximidade, em especial as fingidamente casuais a que já se haviam habituado, na igreja ou em calçadas vizinhas. De caso pensado, erravam-se. Olhavam-se de longe, um tanto acabrunhados, o coração aos solavancos. Sorriam-se mansas sutilezas, cumprimentavam-se, mas em tudo guardando a distância que a situação recomendava.

Mas o amor não tardou em lhes incutir novas imprudências. Justo assim que só em nome dele as cometeram, mas deram sorte. Além do padre e da mulata talhada naqueles tons raros de bronzes do Daomé, ninguém mais soube do dia em que outro beijo deu-se quase à sacristia. Trouxe e levou o vento as ilusões de um susto. Mas o medo os preveniu. Para se protegerem de falatórios e maledicências, nunca mais deixaram de especular sobre a atitude mais conveniente em cada circunstância, e de evitar as que requisitassem comportamentos que pudessem despertar suspeitas. Mesmo que um grande amor possa sobreviver a malfalares vãos, não é bom expor seu bem-querer a mexericos. Muito menos podem-se deixar abertas quaisquer frestas por onde vazem cenas que para sempre devem permanecer apenas na memória de quem as viveu. Ou sonhou, vai saber.

O beijo quase na sacristia os expôs, de uma forma inesperada, a imprudências pelas quais felizmente não tiveram que responder. Porque, para além do beijo, as mãos dele já percorriam ávidas a pele acetinada dos ombros dela, atiçadas pela fragrância misteriosa que se desprendia do cangote da mulata, quando uma lufada vinda do mar bateu com estrondo a porta que dava para o adro. Lívidos, interromperam o chamego e se recompuseram. Não era ninguém, era o vento, mas acautelaram-se. Ela, andando gravemente, sem se desdobrar em requebrares, foi se ajoelhar entre os bancos da nave. E Ernesto saiu calmamente dali para não sei onde. Cinco minutos depois, chegou padre Laurêncio para tomar o seu lugar na almofada puída de veludo grená do confessionário. Foi justo a conta. Desde então, nada de sorrisos, cumprimentos efusivos. Acenos, mesmo os discretos, nem pensar. Nem esgares de lábios, ou sobrancelhares acintosos, nada que os revelasse, a não ser a si mesmos. De então para a frente, revelaram-se aos poucos, mas parcimoniosamente, e nem tudo. Porque desse modo é a vida.

3

A procissão de São Sebastião acontecia todos os anos, como até hoje acontece. É tradição antiga, existe desde o tempo dos vice-reis. Os padres já organizavam a saída da imagem peregrina do santo que morava no altar da antiga Sé ainda quando a imponente igreja dedicada ao padroeiro era apenas uma modesta ermida de barro e telhas canhestras. Sempre na mesma data, o povo vinha de longe para prestar as honras ao santo e exibir a sua devoção. As ladeiras ficavam duras de gente se acotovelando. São Sebastião saía para o seu grave passeio anual seguido por tudo quanto é tipo de pessoa. Tanto que, em alguma vez, tenha-se por mais de uma até, antes que a polícia passasse a reprimir violentamente as religiões dos pretos e os capoeiras, se notou na procissão uma ala inteira só de negras, evoluindo em suas saias rodadas e turbantes, portando ramos de flores, folhas de palma e água de cheiro em potes graciosamente equilibrados na cabeça. Nunca se pôde ver entre elas Rosário passeando seus molejos, mesmo durante o tempo em que a mulata esteve flertando com aquelas crenças pagãs e coloridas.

A procissão, depois organizada pelos capuchinhos, era precedida por uma quermesse, com barracas e bandeirolas, em que se consumiam quitutes e refrescos. Se bem que bebidas menos inocentes também fossem discretamente vendidas. Aliás, vendia-se quase que de tudo. Rifas, terços, escapulários, medalhinhas com o santo flechado, bentinhos, velas de cera, fitas e enfeites, de tudo havia para quem tinha fé. E, para quem não tivesse, bastava procurar que também encontrava o que comprar. Nesses dias de festa, caras novas se misturavam às dos moradores. Um vaivém de gente que chegava procurando alegria e saía feliz por ter encontrado. Havia também os que se retardavam em sair porque encontravam alguém que não viam fazia muito tempo e se remancheavam em conversas saudosas. Moços que procuravam olhares de moças. Moças que encontravam olhares de moços no sobe e desce das ladeiras engalanadas. Outras quermesses também aconteciam ao longo do ano, como a de Santo Antônio, mas aquela era especial porque acontecia antes da procissão do padroeiro da cidade.

No meio dessa azáfama prazenteira, as ocasionais ausências de padre Ernesto poderiam corresponder apenas às voltas que ele precisava dar pelo largo em frente à igreja e pelas ladeiras, por onde se escorriam as alegrias da festa e os mijos. Ele tinha de inspecionar barracas e quiosques improvisados, a conferir se tudo estava mesmo em justa ordem. Assim, aproveitando-se dessas oportunidades, ele foi duas vezes à casa de Rosário, em horários em que sabia que o marido da mulata não costumava estar, e não antes de ter certeza de que Aurélio estava mesmo cuidando do armazém, ou do que restava dele.

Da primeira vez, o coração aos saltos, entrou portão adentro sem bater as palmas, contornou a varandola debruada de avencas, deu a volta até os fundos e bateu à porta da cozinha. Ninguém atendeu. O canto das cigarras rasgava o que seriam só silêncios com aquele alegre estrépito de verão. O padre olhou o quintal em volta, as goiabeiras, o pé de cajá-manga, a pequena horta bem cuidada, e logo notou o poço. Alguém dali já se pegara a sonhar, como tantos naquele morro, com o tesouro dos jesuítas. Bateu à porta com os nós dos dedos uma vez mais, para ter certeza de que não havia mesmo ninguém em casa, e depois se foi meio acabrunhado, perguntando-se aonde teria ido a mulata Rosário. Assim como ninguém o havia visto entrar, ninguém também o viu ganhar a calçada. Entrar e sair da casa era uma operação que envolvia um certo risco, mas ele havia tomado as precauções de se tomar, agachando-se junto ao muro, e deu sorte.

Na volta, circulou com naturalidade entre as barracas, como quem finaliza uma rotina, e tornou a seus afazeres. Padre Laurêncio estava acamado e, nessas ocasiões, era Ernesto quem ouvia as almas aflitas no confessionário. Era a vez de dona Veridiana, uma que incomodava os santos com qualquer me-dá-cá-aquela-palha, mas que não demorou muito naquela tarde, apenas o bastante para contar que, na noite anterior, tinha ouvido a briga entre o dono do armazém da rua do Cotovelo e a mulata Rosário. Briga feia, mas que ela apenas ouviu, não se mexeu para acudir, porque ninguém deve meter a colher em briga de marido e mulher, não é mesmo? Pela omissão, padre Ernesto puniu-a com dez ave-marias a mais do que o que seria razoável. E despachou logo a senhora porque, pelos vazados da trama de palhinha, viu Rosário se aproximando.

Com agilidade e graça, a mulata ajoelhou-se no almofadado desgastado do confessionário de jaca-randá, persignou-se e, antes que ela começasse a murmurar suas aflições, Ernesto disse, sem disfarçar a voz, como das outras vezes em que havia cometido o sacrilégio da indiscrição para ouvir a voz dela a lhe sussurrar segredos, que ele é que precisava confessar. A mulata tomou-se de um susto enorme, despreve-nida que estava para aquela situação. Não esperava encontrar padre Ernesto no lugar do confessor. Mas recobrou depressa o controle da situação e, com a cabeça baixa, as mãos postas, sorriu, e, brincando, repetiu num tom fingidamente grave as mesmas palavras que o padre costumava proferir para os fiéis no início das confissões e pediu que ele continuasse.

O padre admirou-lhe a presença de espírito, mas não conseguiu rir das próprias aflições, e começou a contar para ela as conturbações medonhas e prazerosas em que seu coração se debatia.

Sabia ele estar vivendo em pecado, por ser padre e permitir que um desejo, ainda que tão terno e bom, habitasse sua alma. Tinha plena e aguda consciência de que aquele bem-querer tão raro, que desejar, com tamanha intensidade, o coração de uma mulher — o coração dela — não podia ser algo tolerado pela Igreja em que ele oficiava o sagrado. Porque ela, a Igreja, não se construiu por amores, mas por causa da infinita grandeza do poder de Deus. Pecados, ele sabia por profissão, Deus perdoa todos, se a gente se arrepende com sinceridade de cada um. O que o abalava mesmo era que ele não se arrependia, ainda que muito se afligisse. E mais: que ou ele muito se enganava, ou havia nela reciprocidade pelo que ele sentia, para além do que sonhava em suas tardes, em que cada pôr do sol parecia uma alvorada a lhe inaugurar na alma sentimentos tão estranhos e belos por uma mulher. Na verdade, por ela mesma, ali, ajoelhada na sua frente, quando ele é que deveria estar de joelhos a falar dessas coisas para quem se ama. Por isso tudo, não tinha resistido e havia cometido a loucura de procurá-la naquele dia mesmo. Fazia pouco havia voltado de lá onde não a havia encontrado.

Ela não o interrompeu, mas procurou uma pausa na respiração dele, que, ainda que em um tom de voz compatível com o lugar onde estavam, dizia as coisas com a sofreguidão de sentimentos intensos, com palavras quase a se atropelarem umas às outras, não pela pressa, mas pelo acúmulo de meses a fio caladas na alma, a quererem sair todas de uma só vez. Quando ele precisou buscar mais ar, que já lhe faltava para continuar a dizer o tanto mais de seus sentires, ela encaixou um comentário pertinente. De fato, ele mexia com ela. De um jeito bom que ela ainda não compreendia bem, mas ali não era o lugar onde se deveriam conversar aquelas coisas. E, além disso — ela não disse, mas pensou consigo —, na casa de Deus não se deveriam tramar pecados contra a fé.

Por isso, convidou o padre para ir à sua casa, mas em momento mais propício, mais desafogado, para que pudessem conversar com mais calma. E, enquanto Ernesto ainda se admirava da atitude dela, de equilíbrio, ponderação e, por que não, uma certa ousadia para enfrentar aquela situação que o consumia, a mulata disse então que ele fosse no dia seguinte, um pouco depois da hora do almoço. Que tomasse lá seus cuidados, porque para tudo neste mundo há que se ter cautela, mas que a porta da cozinha, justo por esse motivo, estaria entreaberta. Persignou-se, despediu-se e se foi, sem confessar mais nada, nem do que sentia, nem do que tinha ido fazer naquela tarde quando saiu de casa, mas imprimindo às cadeiras um balancejo de vento do mar nas copas de uma palmeira. O padre, olhando Rosário se afastar pelos vazados da treliça, pela primeira vez na vida quis voar para ser só vento ou palmeira no aconchego dos braços dela.

No caminho para casa, Rosário ia cumprimentando quem conhecia e quem se chegava para a festa naquele finzinho de tarde. Às vizinhas que se punham em cadeiras na calçada, a ver gente e trocar futricas e receitas, acenava. Não se misturava a elas a mulata, ainda que com muitas comungasse familiaridades. Nos altos do Morro do Castelo tudo era como uma grande família. Uns cuidavam dos outros, se apoiavam, se xeretavam, trocavam terrinas de geleia, xícaras de açúcar por cima dos muros, e fofocas. Desde a abertura da avenida, muita gente havia se mudado para lá. Só na Chácara da Floresta, mais lá embaixo, antes da subida mesmo, havia para mais de mil almas. Muito se tinha que cuidar para não ficar falada, para não virar comentário maldoso proferido pelas costas, desses que se fazem depois que a pessoa passa e acena um cumprimento gentil. Mesmo quando no certo se vivia, quanto mais quando não. Rosário vivia uma vida reta com aquele torto daquele marido dela. Todos sabiam disso. Com seus desregramentos, Aurélio mais esmerilhava o bom nome e o patrimônio que havia amealhado, sabe-se lá Deus como, do que outra coisa nos últimos anos. Uma vida de desgostos e bebida. Aquela injustificável aspereza com a mulher, que tudo aguentava calada, sem reclamar um triz.

No dia seguinte, depois ouvir de dona Veridiana, no meio da confissão, o estado lamentável em que o marido de dona Rosário já se encontrava no armazém àquela hora do dia, tornou o padre, pela segunda vez, à casa da mulata. Era de tarde, pouco ou quase nenhum movimento entre as barracas da quermesse, todos ainda em suas casas a refastelarem-se do almoço, e ele não cruzou alma depois que atravessou o largo em frente à igreja e venceu a curta distância de ladeira até a casa dela, afetando vagares que não lhe iam no espírito. O portão não estava fechado com o trinco e cedeu sem ranger. Teve o cuidado de fechá-lo de novo, contornou a varanda, as avencas e, antes de alcançar a porta da cozinha, nos fundos, deteve-se a avaliar o poço. Levantou-lhe a tampa, mediu-lhe com os olhos a profundidade, notou que não era mexido havia tempos. O limo e os musgos nas bordas o denunciavam, assim como as teias desocupadas de aranhas nos cantos. Depois, ainda com um olho no poço, procurou com o outro o alto da torre da igreja, que podia ser visto dali. Só depois é que se dirigiu à porta da cozinha, que estava mesmo entreaberta. Ainda assim, bateu e murmurou um boa-tarde.

Rosário já esperava por ele junto à porta, que ela abriu com suavidade e um sorriso. Os primeiros momentos foram de algum desconcerto, mas ela logo tratou de providenciar uma cadeira e lhe ofereceu café. Sentado, a xícara tremia discretamente nas mãos nervosas do padre. De café tomado, cruzava e descruzava os dedos, procurando, sem encontrar, no meio de seus desejos, palavras que lhe traduzissem as aflições. Ela parecia querer dividir com ele a tranquilidade que exibia. Disse que o pequeno dormia a sesta no quarto. Que ele se sentisse à vontade, sorriu. Estavam sós. Sem desfazer o sorriso, mas enigmática, mulata e gioconda, ela caminhou até ele, e tomou-lhe as mãos nas suas.

Ele ainda quis falar, teria balbuciado algo talvez, mas os lábios dela, decididos e ternos, calaram os dele, e as mãos e os dedos logo começaram a se vadiar em carinhos. Os seios redondos dela se derramaram para fora do decote. Nenhum dos dois falou mais nada depois, enquanto se tateavam e se cheiravam em luxúrias. Naquele momento, um trecho de Salomão, como em Cantares, 4.5-6, atravessou em silêncio a mente confusa do padre: *os teus dois peitos são como dois filhos gêmeos da corça, que se apascentam entre os lírios. Até que sopre o dia, e fujam as sombras, irei ao monte da mirra e ao outeiro do incenso.*

Depois, pescoços, colos, gemeres, fremires, olhos semicerrados pavimentaram caminhos floridos até o paraíso. Bocas desembainharam línguas, e salivas se multiplicaram em desejos e afetos inventados em orelhas e outros orifícios que o querer desbragado deles pesquisava com volúpia. O amor recusando-se a vagares e conveniências, revezando posições nos ladrilhos úmidos da cozinha. Insanas fragrâncias se misturavam a secreções que reacendiam nas peles novos paladares, remexeres, prazeres infinitos. Até que frêmitos e gemidos se sincronizaram e o mundo como que parou de girar por um tempo indeterminado. Uma ciranda incandescente de gozos e delícias que pareceu ter levado horas para se consumar. Mas o tempo do amor não se submete ao dos relógios. De modo que ainda havia luz quando Ernesto caminhou de volta sob as nuvens cor-de-rosa num céu de esplendores.

Retornando à igreja, no auge de suas cautelas, em busca de encobrir com os afazeres habituais todos aqueles desfrutes que ainda lhe arrebatavam a alma zonza, lembrava-se da conversa apressada que teve ao pé do fogão com Rosário antes de sair. O diálogo precisou mesmo ser rápido porque subitamente, do nada, bateram à porta. Os dois se assustaram, culpas e calafrios percorreram as suas espinhas. Ernesto quase saiu, pernas bambas ainda, porta da cozinha afora, batina, sapato e ceroulas debaixo do braço. Foi a mulata que se recobrou primeiro. Logo viu que o marido é que não poderia ser, porque, muito embora, de bêbado, nem sempre acertasse a fechadura, tendo a chave de casa, não haveria de bater. Ela deteve o religioso e foi ver do que se tratava. Era o jovem Manoelzinho, o caixeiro do armazém. Veio trazer a notícia de que seu Aurélio não estava nada bem, o que, quase sempre, queria dizer que ele estava era bem mamado, isto sim. Ela, afetando recato, por prudente, não abriu a porta, atendeu o rapaz pelo postigo e o despachou logo. Rosário é que teria de ir buscar o marido mareado e trazê-lo ladeira acima até a cama, onde ele se largaria até o dia seguinte, sem tirar nem os sapatos.

O destino de uma mulher, disse ela depois para o padre naquela tarde na cozinha, se traça desde cedo na vida, e tem pouca chance de ser diferente. O dela já estava traçado e era aquele mesmo. Não havia muito o que fazer. Sua vida era, por menos que gostasse, resignar-se, cuidar do filho, aturar os porres de Aurélio, cozinhar o caldo que as mãos bêbadas e descuidadas do marido deixavam pingar na toalha, lavar-lhe as ceroulas e os lençóis encardidos pela vida desregrada, passar, dobrar e depois guardar as toalhas manchadas pelos desmazelos dele, e ainda se dar por contente. O amor era um passatempo, só uma distração, uma vacina contra o tédio, mas só para aquelas outras mulheres que passeavam suas sombrinhas lá embaixo, nas calçadas da avenida. Não para ela, uma mulher casada para lá de comum, com poucos atributos e recursos, mas com muitos afazeres.

Além do mais, sabia que, para um padre, Deus vinha — ao menos deveria vir — em primeiro lugar. Ele tinha que se haver com a sua consciência, com os seus deveres e obrigações com a Igreja. Era encantador e sempre muito lisonjeiro para uma mulher ter as atenções de um homem sensível e bem-apanhado como ele, mas não menos padre por causa disso. Nada mais o destino lhes reservaria do que encontros mais ou menos fortuitos, totalmente furtivos e carregados de pecado. Era melhor não se verem mais. Sorriu condescendente com a amarelada decepção estampada no rosto dele, mas ele precisava ir. Despediram-se e Ernesto se foi com seus pensamentos confusos e os sapatos por amarrar.

4

Desde o tempo do Império, e de antes até, já se falava dos túneis, dos subterrâneos, dos caminhos secretos, abertos pelos jesuítas nas entranhas do Morro do Castelo para proteger seus sórdidos tesouros, acumulados sabe-se lá como pelos sucessores dos templários. Isso era sempre assunto, à boca pequena, mas era. Sorte é que o povo fala do que não sabe com a mesma desenvoltura dos que sabem calar sobre o que conhecem. Assim se preservam os segredos. Ernesto não conhecia todos os descaminhos que os subterrâneos desenhavam no interior da montanha porque eram vários. Certas coisas que se perdem no tempo são descobertas por insuspeitos acasos. Outras por vezes são criadas apenas para perenizar clandestinidades, porque a vida tem lá suas astúcias e conveniências.

Caminhos ocultos também atravessam o coração das mulatas e o dos padres. Sem que ninguém veja, eles se insinuam, contornam, voltejam obstáculos inventados. Inventam outros rumos, retrocedem e se adiantam, percorrem sendas que vão à casa dos desejos e vêm de lá com uma alegria enorme, de rasgar a boca em sorrisos para além das orelhas. É disso que são feitos os corações. De caminhos e descaminhos sorrateiros e obscuros por onde os quereres passeiam lépidos e vorazes. Porque um amor que não pode conhecer a luz mais se compraz mesmo é com lugares escuros, por vezes até insalubres, e não é menos amor do que desejo da carne por conta desse detalhe. Ernesto e Rosário não se deram mais a imprudências, mas trocaram sinais e sorrisos discretos, mesmo quando em lados diferentes das calçadas nas ladeiras por onde passeavam suas sonsas coincidências no Morro do Castelo.

Os corações deles também conheceram as ansiedades desse sobe e desce em que um aceno é uma promessa, um bom-dia já é uma outra intenção, um sorriso assim ou assado pode não ser carneseca com ensopado, mas um acaso muito do bem premeditado até. Como assim fez o padre no dia em que, já do lado de fora da igreja, esperou a mulata sair da missa, atravessar o largo e tomar o rumo de casa, para forjar o fortuito e roubar-lhe, atrás de um velho muro já bem esfarrapado de rebocos, um beijo apressado. Foi um beijo escondido, que despertou sentimentos avassaladores, e tão venenosamente terno que naquele dia ela e ele compreenderam, ao mesmo tempo, que aquele amor era um sentimento subterrâneo, e que só devia andar no mundo protegido pelo manto diáfano da clandestinidade e do subterfúgio. Ele voltou para a igreja, deixou as culpas na soleira de pedra, persignou-se e entrou rindo largo e silencioso. Rosário retomou o rumo de casa, os lábios discretamente recurvados num sorriso, que não lhe deixava outros sinais no rosto, mas muito contente mesmo por dentro, onde ninguém podia ver quanto. Nem por quê.

A descoberta dos túneis lá para os lados do convento da Ajuda, que precisou ser demolido para abrirem na nova avenida as vitrines do país que se queria, causou grande comoção nas gentes, mas não confirmou as lendas sobre os tesouros e as riquezas suspeitas acumuladas pelos jesuítas. Estranhamente, isso apenas aumentou a crença do povo nelas. Na época, os subterrâneos tiveram de ser abertos à visitação pública, foram inspecionados pelo prefeito e outras autoridades. Até um ministro apareceu por lá, mas tudo deu em nada. Encontraram um crucifixo, uns apetrechos antigos, umas bugigangas, e logo o prefeito Pereira Passos e o presidente Rodrigues Alves se apropriaram daquelas minguadas descobertas. A história do país virou peso de papel em suas escrivaninhas, e o assunto foi caindo no esquecimento. Apesar dos indignados e quase solitários protestos, no *Correio da Manhã*, de um jornalista mulato que precisava se proteger nas sombras do anonimato, a verdade é que já não se falava mais disso havia muitos anos.

Felizmente, não se descobriram as ligações daqueles subterrâneos com os outros, que continuaram intocados. Por conveniências da clandestinidade, nem todos eles se comunicavam entre si. Tudo era parte da estratégia concebida pelos jesuítas para encobrir, tudo havia sido feito para não ser mesmo descoberto. A comprida galeria revelada pela demolição do pedaço do Morro do Castelo para a abertura da avenida, e que acabou levando, também, o convento da Ajuda inteiro, se alargava um pouco à medida que avançava montanha adentro, mas dava em um poço. E o poço dava em nada. Verdade que no fundo do poço, sob uma lâmina d'água esverdeada de limo, uma pedra, quando pisada no ponto certo, se movia e abria uma passagem seca que progredia montanha acima, até entroncar com uma outra, que começava numa reentrância existente na sacristia da igreja nova de São Sebastião. Mas desses caminhos e descaminhos apenas o verde dos olhos do padre conhecia agora. Sabe-se lá como segredos assim se perdem. Pensa-se equivocadamente que aí é que viram mesmo segredos, porque, quando deles ninguém sabe, as chances de que sejam descobertos se reduzem praticamente a zero, mas enganam-se. Segredo é o que é sabido por apenas um. Esse um de tudo fará para que ninguém mais saiba, ou nem sequer desconfie. Se mais alguém ficar sabendo depois, já terá havido uma revelação. Todo segredo é precário.

A galeria que Ernesto conhecia melhor era justamente a que começava num desvão da sacristia, ocultada por uma falsa coluna, por onde se descia em degraus estreitos, construídos em espiral, e se ligava a um caminho que ia descambando para a direita, estreitando-se ligeiramente. Depois, numa abrupta virada à esquerda, voltava a se alargar e desembocava num salão quadrado, com abóbadas sustentadas por semiarcos, com mesas e cadeiras de pedra. Do salão aonde este corredor chegava, partiam outros três, mais ou menos na direção dos pontos cardeais. Um deles, mais largo um pouco do que os outros todos, de acordo com as fundadas suspeitas de Ernesto, passava bem por baixo do quintal da mulata Rosário, depois contornava o morro e, descendo, ia terminar atrás de uma grossa pilastra nas imediações da cozinha da Santa Casa de Misericórdia. Dali, por uma outra passagem independente, que começava no pátio em frente a essa mesma cozinha, era possível se chegar à praia de Santa Luzia. Desde a última vez em que esteve na casa da dona de seus quereres, o padre pensava, pensava e repensava, fazia e refazia cálculos de direção, distâncias e angulações. Havia de estar certo.

Padre Ernesto tinha descoberto a tal galeria meio por acaso. Num dia de chuva torrencial, daquelas de cachorro beber água em pé, percebeu que a água que escorria pela parede, fruto de uma atroz infiltração no telhado da antiga Sé, não empoçava na sacristia, como era de se esperar, mas desaparecia misteriosamente no piso junto à parede. Aproximou a sua curiosidade do mistério, mas perdeu o equilíbrio no ladrilho já liso de tão gasto e, para não se esborrachar no chão, precisou se apoiar com força numa velha arandela de pedra, já em desuso, presa à coluna. Foi aí que a parede à sua frente se abriu e Ernesto quase rolou degraus abaixo por uma escadaria que surgiu de repente. Mas ele havia perdido apenas o equilíbrio, não a curiosidade. Desceu os degraus molhados e escorregadios, caminhou alguns metros pela galeria, mas o ar era meio abafado e não havia luz suficiente para se ir mais longe. Ele achava que poderia prosseguir, só não sabia bem para onde. Mais longe, mais longe apenas, seu coração batia. Não compartilhou com ninguém seu achado. Manteve consigo o segredo ainda sem saber bem por quê. Talvez por precaução, talvez apenas pelo amor que os religiosos têm aos segredos. Vai se saber. Agora daria um sentido a sua descoberta, um outro amor a iluminava com novas possibilidades.

Com uma pá e uma cavadeira, levou quatro noites para rasgar os quase três metros de terra dura que faltavam para ligar a antiga galeria existente ao fundo do poço no quintal da casa da mulata. Varou o poço, como havia calculado com minúcia e precisão, mas teve o cuidado de repor a terra no lugar, para não despertar suspeitas, e também de escorar tudo pelo lado de dentro da galeria aberta. Cavou a tal passagem com folga e largura suficientes para não ter de sujar as roupas de quem por ela tivesse de passar. Enquanto esteve envolvido neste afã, bem como nos dias seguintes, não viu a mulata Rosário. Nem na igreja, nem nas missas, nem colocando roupas para quarar, ou voltando das compras com as sacolas e o menino. Nada. O que era feito dela?

Rosário, mexida ela também havia tempos por todos aqueles acontecimentos que seus remelexos provocavam no padre, andou dando outras escapadas. Mas estas à casa de João Gambá, um negro conhecido no morro por suas ligações com o sagrado carregado de ancestralidades e mistério que aqui se assentaram, vindos de áfricas remotas. Ele era procurado com frequência para aconselhamentos por gente que vinha de longe para que ele jogasse os búzios ou o opelê, para se indagar do futuro e do presente, para prestar as devidas honras ao passado. Saíam com recomendações e instruções de banhos em ervas maceradas, benzimentos pagãos, beberagens e oferendas, conforme o jogo de cada um indicasse. A mulata ouviu dele coisas improváveis. E inconfessáveis também. Por isso não disse mesmo nada em nenhuma das confissões que foram rareando e rareando, cada vez mais, de fazer a padre Laurêncio, com receio das repercussões que isso pudesse ter diante de um padre, ainda que dado a certas concessões. Jamais disse também a Ernesto que andou visitando um macumbeiro, menos ainda sobre as previsões que ouviu dele.

Entre tudo o que escutou, guardou o que o negro falou sobre o marido dela. Aurélio encontraria uma figura feminina, com ela dançaria e um pequeno tropeço o levaria ao encontro do seu destino. Mas tudo se resolveria com o tempo, porque ele, o tempo, tudo resolve. Ela que não se afligisse, nem se amofinasse, não. Porque já se engendrava a solução para que aquele círculo vicioso de bebedeiras e grosserias de seu marido tivesse fim. João Gambá prescreveu oferendas que ela se esgueirou noite adentro para depositar nos lugares propícios, sempre tendo o cuidado de guardar-se de ser vista. O negro também previu que o filho da mulata cresceria saudável se ela o provesse quando precisasse. Bastava isso. Inquietou-se um pouco com ter o marido que encontrar uma amante com quem pudesse dar-se ao desfrute de dançar, para que tudo se resolvesse. Como haveriam de se arranjar ela e o pequeno Rafael?

João Gambá falou também alguma coisa sobre caminhos obscuros que a ligariam a outro destino que não lhe parecia muito claro naquele momento. Havia muitas dúvidas a serem resolvidas antes. Mas algumas dívidas seriam quitadas depois. E a decisão que ela tomasse poderia fazer com que o chão firme perdesse ou não um coração para as nuvens. Esses adivinhadores são todos assim, pensou para si, usam os mesmos artifícios e coisas vagas para nada definir. Falam por enigmas para não dizer nada. Depois, o que quer que aconteça na sua vida, para o bem ou para o mal, encaixa-se na previsão. A mulata andou com isso no coração até a igreja como quem anda com uma pedra no sapato. Mas tamanha foi a alegria em saber da novidade que o padre sussurrou ter para ela na saída da missa, que seu coração logo quis inclinar-se para ouvi-lo.

A curiosidade nada na alma de uma mulher como um tubarão no mar em busca de alimento. O padre ainda tentou dizer alguma coisa, mas o movimento de dispersão à saída da missa era intenso. Havia muita gente naquela hora em que o sol beijava os degraus de pedra de cantaria na porta principal da igreja, e ela tornou à sacristia, onde, toda se sorrindo e se desdobrando em mesuras de educação, mas com a voz serena e quase aos sussurros, convidou o padre para ir à sua casa naquela tarde ainda. Queria porque queria saber da novidade.

Ernesto nem comeu direito naquele dia. O almoço servido nas dependências do mosteiro dos capuchinhos, contíguo à igreja, onde morava com padre Laurêncio e outros religiosos, era frugal, e o tempero, comedido, mas tudo era generosamente servido. Deixou restos no prato, um pecado apenas venial, pulou a sobremesa e não esperou pelo café. Saiu apressado pelos corredores do prédio vetusto até alcançar a igreja, adentrou a sacristia e, antes de premir contra a pilastra o pequeno nicho de pedra para deslocar a parede e abrir a passagem, certificou-se várias vezes de que não havia mesmo mais ninguém na igreja, fechada àquela hora. Com um lampião na mão, desceu a escada e caminhou rápido pelos túneis úmidos e abafados até o ponto onde havia escavado a passagem. A tampa do poço no quintal da mulata era tosca e feita em madeira leve. Afastou-a, ganhou o quintal e recolocou a tampa no lugar. Depois caminhou devagar até a porta da cozinha e bateu de leve, e um sorriso quase escancarado, de dentes brancos de intensos marfins, o recebeu como a luz do sol após sair da galeria escura que tinha acabado de atravessar.

A primeira coisa que a mulata fez foi abraçá-lo, mas foi tanta ternura que trocaram que ele até se esqueceu de contar a novidade que o havia feito chegar tão rapidamente, e sem correr risco algum de ser visto por olhares inquisidores. Ele correspondeu ao abraço e apertou o corpo dela contra o seu e a reteve assim por um longo tempo, cobrindo-a com tantas delicadezas, até que suas almas encharcadas de pecados e desejo se reconfortassem. Tudo se esqueceu em um beijo que despertou neles a avidez dos dias sem se verem tão de perto e tão longe de outros olhos. Assim que com os lábios se recompuseram das saudades, ela indagou da novidade, porque o tubarão continuava a agitar as suas barbatanas no mar da sua alma boa, mas curiosa como o quê. Padre Ernesto então contou a ela o que andara fazendo nos últimos dias. Agora, com a passagem aberta, poderiam se ver sem serem vistos sempre que quisessem. Além do mais, ela também poderia ir ao encontro dele. Eles poderiam se encontrar no grande salão onde ficavam a mesa e as cadeiras que eram de pedra, mas onde seria possível viver momentos de paixão, despreocupados como nuvens brancas em um céu azul.

Rosário muito espantou-se e demorou a acreditar nas coisas que lhe dizia o padre. Então eram verdadeiras as lendas que ela ouvia desde criança. Não era só a imaginação de gente que não tinha o que fazer tudo aquilo que se dizia sobre os caminhos secretos, as galerias, os túneis dos jesuítas. Mas como ele sabia daquilo? Quem mais sabia? Por que não se tinha revelado isso há mais tempo?

Todas as perguntas que ela fez e as que ainda queria fazer se calaram com um outro beijo. As mãos dele procuraram curvas e reentrâncias nela. Ela procurou com os dedos delicados na pele clara e nos músculos magros e rijos dele as saudades que sentira por tanto tempo. Encontraram um no outro o que procuravam. Tatearam-se com volúpia e invernaram em luxúrias. Visitaram-se longamente com as peles todo o tempo que antecedeu a hora certa em que juntos se ofegaram em prazeres ali mesmo na cozinha. Riram-se sem a menor vergonha da fome com que se procuraram e se saciaram naquela felicidade farta e rara. E felizes se deixaram ficar naquele langor por tanto tempo que chegaram a adormecer. Foi menos que um sono curto, um cochilo apenas, mas sem sobressaltos, do qual despertaram como que dentro de um sonho. Foram visitados aí, talvez pela vez primeira, pelo desejo insidioso e estranho de perenizar entre eles, pela repetição, aquele momento bom de abandono. O padre especulou com seu coração como seria agradável adormecer só para poder acordar ao lado daquela mulher boa, bonita, mulata, afável, e de se entregar a ardores e delicadezas como só ela sabia. Ela sonhou adormecer sem ter de ouvir o ressonar que recendia às bagaceiras mais ordinárias, uma respiração embriagada e barulhenta, de beiços soltos e barba malfeita, sobre as fronhas que ela lavava com tanto capricho.

Viveram eles um tempo bom de esperança e clandestinidade. As ladeiras, mesmo a da Misericórdia, que subia em ângulos duros, estreita, íngreme e pedregosa, era vencida com mínimos esforços. O sol, mesmo o do meio-dia, não caía emplastando a terra de luz e calor, esturricando as folhas delicadas das avencas e maltratando os demais seres vivos. A verdade é que o mundo se transforma quando uma mulher encontra a quem dedicar os seus caprichos.

5

A ostensiva imponência da igreja nova de São Sebastião era significativamente abalada pela falta de conservação. E não era só a crônica infiltração no telhado, que afetava de umidade e mofo a sacristia e que, aliás, fez Ernesto descobrir um dia os misteriosos subterrâneos. Era tudo. O entelhamento, por exemplo, era povoado de ervas incertas e ramos renitentes de vegetais teimosos. Havia muitos anos a pintura e o reboco rezavam em vão por cuidados. Os sinais de desgaste e decadência eram visíveis em quase todas as construções do morro, mas a mera ausência de viço, o simples desbrilho, já abatia muito a igrejona, que havia sido um dia a principal sede da fé católica na cidade. O endereço de Deus convivia com sinais de desgaste que afetavam a própria crença na cristandade. *"Virai-vos para mim, e sereis salvos"*, era o que estava em Isaías 45.22, mas quem olhasse para a Igreja de São Sebastião não era visitado por essa certeza. Assim é que o padre sentia também na alma esses abalos. Talvez por essa razão no Morro do Castelo houvesse tantas cartomantes, tatuadores, gente que adivinhava o futuro, ou que sabia acomodar o passado em contornos mais convenientes, gente que inventava destinos em troca de dinheiro, videntes e macumbeiros de relativo renome, e perseverar na fé era uma rotina árdua até para um padre.

Nem por isso Ernesto se entregava a crendices como a maioria dos fiéis, que frequentava a casa do padroeiro da cidade com um pé, mas mantinha o outro nos terreiros suspeitos de outras crenças, muitas delas pagãs e insidiosamente amalgamadas com a reta religião de Deus. Rosário mesmo era uma chegada a uma terreirada, mas de saber disso o padre fora poupado até ali, e talvez devesse sê-lo para todo o sempre. A igreja dos capuchinhos nesse tempo já era muito frequentada por toda a gente, tanto pelos de gravata e chapéu quanto pelos sem sapatos. Eles chegavam bem cedo para a missa de sexta, no melhor de suas fatiotas, todos para exorcismar a má sorte. A crença do padre tinha lá suas fissuras e descascados, seus pudores eclesiais sofriam com as infiltrações de desejos e lascívia, porque em sua vida gotejava solertemente o pecado, e ele sucumbia à concupiscência. Mas acreditava de pia alma em um deus único que a todos criou à Sua imagem e semelhança. Professava o credo e sustentava os dogmas da Igreja. Se nem todos, ao menos a maioria.

Claudicava de quando em quando com a castidade, o que consignava à conta das suas humanas imperfeições, com as quais, aliás, Deus o havia brindado com incomum prodigalidade, ainda mais diante de uma mulher como Rosário, em quem a luxúria era subvertida pelo dengo na mais sublime das virtudes. Apesar de tudo, Ernesto acreditava que Deus o perdoaria de uma forma ou de outra, porque Ele era justo e bom, e, de verdade, não desaprovava o amor entre os Seus filhos. O que se dizia no livro dos Salmos, 103.8-10, não desmentia sua intuição. Estava lá: "*Misericordioso e piedoso é o Senhor, longânimo e grande em benignidade. Não reprovará perpetuamente, nem para sempre reterá a sua ira. Não nos tratou segundo nossos pecados, nem os recompensou segundo as nossas iniquidades.*"

Para o padre, toda forma de amor tinha uma razão de ser e mansamente se realizar, e trazia consigo o direito de ganhar mundo desde nascença, mesmo que condenada à mansidão irrequieta das sombras, como no caso deles. Mas, ainda que, dando mãos à solércia, o padre fraquejasse das carnes, também carregava lá as suas culpas sem a ninguém confessá-las, nem mesmo ao padre confessor. E, como se faz com um chinelo velho, do qual se deve livrar na hora do banho, Ernesto descalçava as culpas na hora do bem-bom com Rosário. E ia levando a vida, porque o amor é a força mais poderosa que Deus pôs no mundo, e sempre encontra um caminho, ainda que tortuoso, para se realizar e se luxar no bem-bom do regozijo.

Não é a fé mas o amor o que move as montanhas. Quando menos as perfura e percorre com seu afinco em se realizar. Assim era o amor do padre pela mulata. Tinha carinho, e desejo, e ousadias, que mais se compraziam com a discrição do que com a ostentação febril dos apaixonados. Porque o amor deles era também subterrâneo, um bem-querer comedido e reservado como convinha às circunstâncias. Depois que o padre escavou, durante dias, na terra compacta do morro, a escura passagem que ligava o poço no quintal da mulata Rosário aos descaminhos por onde se evacuaram um dia, quase sem deixar vestígios, as riquezas e os segredos dos jesuítas, bastava que ela inventasse um gesto, um sinal imperceptível qualquer na igreja — aonde ia agora para todos os fins, menos para o de se confessar —, para que o padre já começasse a ansiar pela hora de se intrometer galerias adentro sob a terra, onde todos os barulhos eram surdos e abafados, mas o amor podia se mostrar, nu como era.

Então ela se permitia sorrir quase que só para si a sua graça, o que deleitava o padre, mas sempre deixava vazar alguma ironia, que ele não percebia direito, pelo canto da sua boca carnuda e calada. Bastava um alçar de sobrancelhas, que suspendia a pontinha do lábio num sorriso que só ele era capaz de notar. Ou um rebolir de ombros que se lhe escorregava pelas vértebras até repercutir nas cadeiras. Tudo era motivo para acender nele o pavio do desejo. Tudo era motivo para ele querer ver os olhos dela se revirarem em abandono e gozo, como acontecia nas surdinas a que se davam frequentando aqueles subterrâneos habitados de mistérios.

Rosário se dava conta às vezes de que seu menino, que agora já frequentava a escola Carlos Chagas, que ficava ali no Morro do Castelo mesmo, crescia devagar, ao contrário da aversão dela por Aurélio e aquele ranço de bebida vomitada que impregnava a roupa dele com tão sórdidos odores. O destino — que, como João Gambá havia mencionado em suas predições, viria ao encontro de seu marido mais dia, menos dia — decerto haveria de se desencontrar de um bêbado contumaz como ele. Era bem capaz até de tropeçar no português pançudo sem nem notar, pelas calçadas onde deu o gajo de se abandonar às vezes na volta para casa, tarde da noite, os cachorros a lamber-lhe a cara macilenta, ouvindo seus vigorosos vitupérios, proferidos com os olhos baços de qualquer esperança. Nem prazer nem dor ela sentia mais ao servi-lo nos rangeres da cama quando o português cismava de a requerer nas machezas insufladas pela bebida. Apenas uma indiferença que se entranhava nela, tanto quanto o perfume bom das ervas com que deu de se banhar para se proteger do mal, por recomendações do negro João Gambá, mas que Aurélio detestava.

Ernesto é que se entonteava sobremodo com aquelas fragrâncias de ervas raras e raminhos de oriri que frequentavam o cangote de Rosário. Um verso de Salomão em Cantares 1.3 atropelava o seu pensamento: *"Para cheirar são bons os teus unguentos, como o unguento derramado o teu nome é."* De tal forma assim era que de cheiro em cheiro chegavam a chamegos inimagináveis. Davam-se a carinhos ferozes e delicados. Nessas horas nem lhe assaltava nenhuma indagação ou um questionar qualquer sobre a natureza de Deus ou do pecado. Nem se debruçava sobre a essência dos dogmas e interdições que precisava afrontar para que o amor se realizasse assim, e ainda se desse conta de si. Nada. Apenas aquele abandonar-se ao bom, apenas o entregar-se ao comprazer do carinho e da dengação insana na qual era a mulata tão rainha. Mas nem apenas súdito ele era, porque também sabia se esmerar nas reinações daqueles dengares. Às vezes, antes, pensava e se fazia hesitar um pouco, mas acabava sempre por atender ao chamado irrecusável de um gesto dela. Um padre peca, mas pensa antes de pecar. Durante já não, porque o amor nem sempre pensa. É um sentimento impensado, amor mesmo só ama. Mas depois, nas noites seguintes, até ser tangido por outro sinal, por outro sutil suspender de sobrancelhas numa terceira fila dos bancos da igreja, a culpa era a companheira com quem ele dormia todas as noites, ainda que com a mulata é que sonhasse sempre.

Desconforto assim jamais frequentou a consciência de Rosário, a não ser pelo remoto receio de que mais alguém pudesse vir a ficar sabendo dos dengos com que ela sabia cumular um padre. Temia a mulata mais pela reputação do que por coisa outra. Qualquer casteleiro, morador daqueles altos, sabia das carraspanas em que se esborrachava cotidianamente o português e seus bigodes espessos e escrotos. A vizinhança toda conhecia bem o modo desmedido e grosso com que o lusitano tratava aquela mulher resignada, que nunca reclamava de nada. A freguesia do armazém de Aurélio, boa parte moradora do morro, sabia que por algum motivo insano o português haveria de continuar procurando sofregamente, em garrafas de bebidas cada vez mais ordinárias, razão por razão, todas as que já havia perdido antes, em garrafas de vinho barato. Mas ninguém poderia jamais desconfiar do terno afeto que aquele insuspeito padre sabia depositar nos aconchegos do colo da mulata. Nem que ela se deixava adengar daquela forma indecorosamente delicada e meiga. Nenhuma alma poderia nunca sequer suspeitar que ela se entregava àquelas insanidades com tanto fragor e malícia a cada vez que se encontravam, nem que se visitavam nos corredores secretos dos interiores da colina. Isso, não. Deus livre e guarde.

De pouco em pouco, entretanto, de se frequentarem às escondidas tantas vezes, passaram a querer ter encontros mais regulares e constantes. A constância com que se frequentavam quis dar por si, e então passou a ser também um desejo, para além dos improvisos e do aproveitamento puro e simples de uma oportunidade. Fosse esta a ausência do menino, no horário da escola, ou brincando na casa de algum vizinho, onde se perdia entre piões e pandorgas, tarde adentro até quase noite, ou uma possibilidade de ausência mais demorada do padre passar despercebida na igreja ou nas dependências do mosteiro, onde deveria mesmo estar em vez de se dar às folgas com a mulata.

Mais raramente, acontecia a agradável e hábil combinação de ambas as coisas. E então aproveitavam para ficarem juntos pelos fugazes momentos que conseguissem subverter do cotidiano pelas tardes que se alargavam em luzes lá fora, enquanto eles se chamegavam nos escurinhos das galerias onde se abandonavam a gozos e a dengamentos despudorados. De forma que Ernesto passou a dormir com a culpa de um lado e com esse bem-querer de outro. Só não deixava de sonhar com ela, com a bela Rosário, todas as noites. Agradava-se de pensar que pelo menos suas madrugadas não eram mais tão solitárias, porque povoadas de sonhos bons com ela.

O padre olhava o pôr do sol agora com outros olhos. Com olhos de sonho debruçava-se sobre os parapeitos das janelas do mosteiro colado à igreja nova de São Sebastião, ou de uma ponta qualquer de laje desgastada pelo tempo, quando não de uma velha amurada antiga da fortaleza, emergida do passado. E sonhava, e sonhava, porque quase não era possível a alguém como ele observar um pôr do sol sem sonhar. Rosário fazia simpatias e murmurava rezas que deu de aprender com uma rezadeira, fiel seguidora dos credos africanos do João Gambá. Mas nada de fato aconteceu naqueles tempos que fosse capaz de os tirar daquele torpor de desejos e de irrealidades tão bonitas. Rosário até pegou-se de sonhar também, mas, mais severa em seus sonhares, pensava em como haveria de ser um improvável futuro com um homem cujo ofício precisaria abandonar para viver com ela. De que haveriam de viver eles? E onde? Em que lugar de mundo poderiam estar sem serem olhados de viés por almas implacáveis com a virtude alheia? Ela sabia muito bem que sonhos não enchem barriga. Quanto mais duas, como no caso dela, que ainda tinha o pequeno Rafael para alimentar. Os olhos da mulata se demoravam indagando um céu limpo de nuvens. Uma vez ou outra, uma lágrima chovia solitária de seu olhar e se misturava aos outros chorares da sua vida, e ela voltava a cortar as cebolas em rodelas grossas, porque era da vida mesmo a tristeza.

Tudo prosseguia sem outros sobressaltos naqueles cimos de onde se podia ver o pôr do sol se derramar em calmas, mas caudaloso e incandescente, sobre as bordas da baía em todas as tardes. Vez que outra, um inesperado conduzia a uma pequena reflexão, por singela que fosse, como no dia em que Rosário chegou em casa quase ao mesmo tempo que Aurélio, que voltava cedo do armazém, mas já cambaio e adernado. Fechara as portas antes da hora, perdera definitivamente o tino e a disciplina necessários ao bom andamento do seu negócio. Um armazém precisava de fregueses e hábitos. Uns precisam dos outros para que o dinheiro e os lucros cheguem regularmente ao caixa. Mas qual, só se lhe dava agora aquele desmazelo com os negócios e com a vida. Só para beber mais tinha ainda alguma organização. Naquele dia, a alegria que Rosário trazia consigo entre os seios ainda mornos das mãos de Ernesto enfrentou com a mais fria das indiferenças as asperezas todas que a cachaça — só podia ser mesmo cachaça — arrotava pela boca de Aurélio sobre ela e o seu silêncio aparentemente resignado. Desde o portão ele já arreganhava as suas grosserias para ela.

Rosário, como sempre fazia nessas situações, não se deu por achada, nem se acanhou. Num deliberado fingimento de benevolência e comiseração, entrecortado por sorrisos sutis, não descuidou de seus deveres de esposa dedicada. Não titubeou em ir até a calçada, de onde os bigodes de Aurélio espanavam toda uma vasta corte resmungada de impropérios antes de assestá-los com a voz alterada contra o mundo e contra ela. A quem passasse, conhecesse ou não as suas manhas, dedicava uma palavra feia, uma injúria, um xingamento qualquer. Mesmo assim ela, com toda a gentileza e compostura, foi até a calçada, de onde conduziu o marido até os confortos do interior da casa. Tirou-lhe as roupas manchadas e o colocou na tina com suas banhas excedentes e pelos extravagantes. Lavou-o com água morna e ervas recomendadas. Depois colocou o que sobrava dele na cama e, sempre com o mesmo sorriso sonseado, rezou o corpo entorpecido de Aurélio com um raminho de folhas miúdas.

Depois que o marido adormeceu, a mulata aproveitou a ocasião para cumprir um ritual um tanto extravagante, aprendido com uma mulher, lavadeira como ela, que frequentava a casa e o quintal de João Gambá. Recolheu sua camisa suada e fedida e o resto de bagaceira que havia no fundo da garrafa que acompanhou o peste desde o armazém. Depois foi até um terreno baldio não muito longe de casa e, junto a umas bananeiras, cavou um buraco e enterrou a bebida e a roupa. Acendeu uma vela e repetiu a encantação recomendada. *"Assim como esta bananeira não dará cachos, Aurélio não procurará a bebida."* Toda vez que as bananeiras punham um cacho, a mulata corria a cortar. Era parte do preceito. Aurélio, não se sabe bem por que, bem que ficou uns tempos sem procurar bebida, mas ela, a bebida, acabou por encontrá-lo, e a danação prosseguiu. Essas coisas, Rosário fazia nem mais por compaixão ou qualquer espécie de compadecimento com a decadência do português, mas para que o sofrimento dele, que se desdobrava com frequência em raivas e irascibilidade, não pesasse tanto sobre ela e o pequeno. Era mais por isso que seguia tais conselhos e superstições. Nem por dó era que cuidava do marido, não. Era mais pelas aparências, essa a verdadeira razão. Uma mulher como ela não podia se expor a arroubos e despautérios.

As particularidades da situação da mulata e do padre confinavam aos meandros da clandestinidade os chamegamentos a que se davam naquele tempo. Não é concedido a um padre ter-se em ardores e afetos, ainda mais por uma mulher casada. Mesmo que o marido dela fizesse por merecer os cornos, era particularmente indecente que essa justiça tivesse de ser feita logo por um padre, que, ao menos dessas coisas, tinha, por profissão, o dever de abster-se. Por isso a clandestinidade era necessária. Por isso uma vida para os circunstantes e outra metida em alcovas escavadas em túneis e galerias. Mas as culpas e os incômodos de se viverem duas vidas, uma comportada e aparente, respeitosa e pacata, cumpridora das convenções e expectativas, e outra subterrânea, safada e feliz, os afligiam a ambos de diferentes modos e maneiras. Ao padre afetavam como no Salmo 51.3: *"Porque eu conheço minhas transgressões, e o meu pecado está sempre diante de mim."* Sem saber dos flertares de Rosário com as religiões dos terreiros, o que só pioraria a coisa, a culpa e o remorso já corroíam Ernesto, por ser ele padre e ela, ainda por cima, casada, mas é do amor vencer barreiras, cavucar montanhas e corroer docemente as almas.

Quis muito Ernesto, com toda a força mesmo, que fosse outro o mundo, que as circunstâncias que tinham para viver fossem diferentes. Perturbava-lhe o desenrolar do dia aquele constante martelar de questões de fé atravessadas por minuciosas volúpias em sua alma. Aquele gotejar de felicidade num mundo seco de afeto e de carne, a vida de renúncias e sacrifícios para se atingir a beatitude pregada pela religião, minava suas convicções, que já não eram mais assim tão firmes. Para quem ama e conhece o vale das ternuras, a felicidade é inadiável, e a eternidade, com todos os seus anjos, não vale um peido da mulher amada.

Por causa disso, naquele tempo chegou mesmo ele a cogitar fervorosamente deixar a batina. A ideia ia e voltava em seus pensares. Afinal, poderia ser professor e dedicar-se a ensinar o latim e outras coisas úteis, depois do tanto que estudou na vida para ser padre. Mas, quando falou a Rosário de sua intenção, ela derramou-se fria como água de cachoeira sobre os fervores de Ernesto. Que mãe no mundo, que pai, que família entregaria um filho seu que fosse para ser educado por um padre que se dava a chamegares? Ainda mais com uma mulher como ela, de quem haveriam de dizer que não soubera preservar o devido pudor de senhora casada que era, que deixara de cumprir seus deveres de esposa e mãe. E em que canto de mundo poderiam os impenitentes escapar da cruel censura dos fiscais da virtude dos outros? Se aquele era o futuro que em seus devaneios Ernesto podia imaginar para eles, melhor seria não se verem mais.

Depois disso, chegaram a ficar uma semana inteira sem se ver. Nem mesmo em calçadas opostas das ladeiras se cruzaram. Durante esse tempo, coincidiu de umas nuvens cinza de inverno estacionarem sobre a cidade, subtraindo não só o colorido do pôr do sol, que entornava todas as tardes prodigamente tons dourados e laranja sobre o mar da baía, mas também qualquer possibilidade de lua sobre o céu do Morro do Castelo. Foram dias tristes para ele.

Ela dedicou-se às tarefas de casa com maior afinco. Mas não pôde colocar roupas a quarar pela falta de sol, que se estendeu por dias sobre a cidade. Com que então Rosário se esmerou em outros trabalhos domésticos, como o de preparar os caldos de legumes para a ceia, mas Aurélio faltou com a presença por duas vezes. Nas duas ela teve de ir buscá-lo. Encontrou-o ao sereno que entrava por entre a quantidade de telhas quebradas, dormindo amarfanhado entre caixotes de bacalhau, carnes salgadas e azeites, tudo amontoado sem ordem nos fundos do armazém. Subiu a ladeira entre impropérios mal articulados pelos lábios finos, mas inchados de álcool, escondidos debaixo daquele bigode babado de saliva azeda e bebida. De forma que ela entrou com seus panos no dia seguinte com o sol pelo umbral de pedra de cantaria da igreja e sentou-se na segunda fila, de onde poderia ser logo vista por Ernesto. Dali suspendeu os dois cantos dos lábios, quase ostensivamente, até que ele entendesse que aquilo era mesmo um sorriso, no qual nenhuma ironia ou outra intenção que não fosse dar-se a ele se infiltrava. Encontraram-se e desfrutaram-se ainda naquele dia à luz bambiça da vela que Ernesto levou para o salão quadrado que alcançou às carreiras pela galeria que começava atrás da pilastra da sacristia. A tarde ainda mal havia começado quando seus corpos se comungaram em movimentos ritmados e gemidos de deleite. Entre a luxúria do amor e a culpa pelo pudor não preservado, venceu ainda dessa vez a luxúria. Porque o amor é capaz de vencer todos os pudores para se preservar.

6

Já fazia era tempo que a cobiça de muitos espertos e a de uns poucos malucos havia elegido os morros do Rio de Janeiro como obstáculos ao progresso. A bem da verdade, desde 1798, quando os vereadores da cidade falaram nisso pela primeira vez, nunca faltou quem emendasse argumentos a esses disparates. Eram considerados verdadeiros entraves à circulação de pessoas e mercadorias, barreiras à livre circulação dos ares que o mar haveria de para sempre soprar benfazejo sobre a terra. Se não fossem elas, as montanhas, os ventos praianos haveriam de varrer para longe, com a sua vassoura de salsugem, recendendo a maresia, os miasmas insalubres, os vapores infectos e a pestilência.

Desde o Império também, vários empreendedores e vivaldinos já se haviam candidatado a mover e remover mundos e fundos em busca dos tesouros que os jesuítas teriam deixado para trás, ocultos nas misteriosas entranhas do Morro do Castelo. Mas com a condição de obterem vantagens e benesses, como a de poderem lotear depois os terrenos planos resultantes do arrasamento, assim como também comercializar os demais, decorrentes do aterro. O prefeito mesmo, que considerava a pequena montanha um dente cariado numa moça bonita, era um que já se havia habilitado em uma concessão dessas no morro em cujo lombo se assentava a igreja de São Sebastião, o coração impenitente de um padre e as ancas ondulantes da mulata chamada Rosário.

Pretendia ele fazer com o Castelo o mesmo que já havia feito com o Morro do Senado, que foi todo esparramado sobre o litoral dos bairros da Gamboa, Harmonia e Saúde. Antes povoados de trapiches, conchas e caranguejos, salpicado de prainhas amenas, agora reduzidos a umas poucas linhas retas sem nenhuma imaginação, desde as imediações do Morro de São Bento, onde ficava o mosteiro dos beneditinos e suas sete capelas de irmandades, até a Ponta do Caju. Aterros e megalomanias modernas iam engolindo com soberba e voracidade a história das gentes, os relevos, as nuances, os contornos recortados em areia branca, enquanto engenheiros arrotavam teorias sanitaristas surrupiadas dos médicos ainda distraídos em decorar bem as lições de *monsieur* Pasteur. As ilhas dos Melões e das Moças, a praia Formosa e a das Palmeiras, tudo agora uma coisa só, reta, rasa, uniforme e plana, como a imaginação dos desengenheiros da natureza.

Pasteurizar a paisagem, esse o objetivo dos que não hesitavam em fazer seus negócios sujos com o dinheiro público, em meio a promiscuidades, a bem de higienizar a cidade, o que, na prática, só queria mesmo dizer deixá-la tanto quanto possível livre dos pobres e dos pretos, longe dos que continuavam a ser tangidos indignamente para o trabalho, mas agora com a desculpa de se lhes preservar a dignidade. Porque, para os que nada produziam a não ser leis iníquas e duvidosas, a que todos menos eles deveriam se submeter, o trabalho é que dignificava o homem, e não a liberdade feliz de poder vagar de samba em samba até o dia clarear. Antes que a arraia-miúda de estivadores, taifeiros, lavadeiras, estafetas percebesse o embuste, a cidade ou os gigolôs da coisa pública que a administravam precisavam ser postos a salvo da indignação das classes perigosas.

Para isso, tome de empréstimos temerários para bancar as combalidas finanças municipais. As administrações vindouras que pagassem e as gerações posteriores que amargassem o comprometimento das arrecadações futuras com o pagamento de juros sobre empréstimos anteriores. Um círculo vicioso que entregava a dinheirama arrecadada com os impostos a bancos estrangeiros, para custear obras de embelezamento de um lugar que já era bonito por natureza. Um pouco sujo e desbocado talvez, por contingências, mas bonito de nascença, sim. Sempre foi.

A cidade era irresponsavelmente administrada como se fosse uma mulher que gastasse grandes somas em dinheiro que o marido não ganhava, mas tomava emprestado a bancos ingleses e americanos, só para ela se embonecar com os luxos da rua do Ouvidor, chapéus franceses, luvas e outras frivolidades modernas, mas, por baixo do vestido, trazia as calçolas encardidas e puídas, sujinhas e furadas, sob os tecidos e rendados importados. Pois se não era outra coisa que fazia quem abria avenidas, construía prédios elegantes, bulevares, mas jogava a bosta crua da cidade toda diretamente na ilha de Sapucaia, dentro da baía, para onde era transportada em chatas ao longo do canal do Mangue, para que nadasse desde o Caju até a enseada de Botafogo, onde ia competir com os remadores e os banhistas, como cansava de acontecer.

Padre Ernesto cultivava seus sonhos em jardins e os regava com as águas verdes da esperança, em obsequioso silêncio, olhando a luz do pôr do sol de cada dia. Do alto do morro, podia ver também lá embaixo a cidade que mudava, aos rompantes, em meio aos tumultos, à poeira das demolições e das construções novas, entre pequenas e grandes revoltinhas, arreganhos e banzés. Enquanto o padre perseverava nos sonhares, que incluíam uma vida em comum com a dengosa mulata, o Rio de Janeiro se civilizava, como enchiam a boca para dizer os charlatães do Estado. Talvez pudessem ir morar nos novos bairros que se desenvolviam caprichosos ao longo da linha do trem, longe dos falares do comadrio maledicente do Morro do Castelo. Quem sabe em uma cidade no interior. Era bem possível que, numa cidade pequena e pacata, se soubessem se manter em discrição e reservas, ele pudesse preservar a condição de oficial da fé. Ela numa casinha ao rés do chão, de preferência, na mesma rua da paróquia, e ele a rezar as suas missas, colher confissões, celebrar casamentos e batizados dos que ainda acreditavam naquelas pantomimas e rituais recitados em latinórios ininteligíveis, mas muito sedutores para os iletrados. Coisas tão distantes de um deus decente e de uma verdadeira fé. A Igreja, uma estrutura opulenta e rica, mas sovina, avara de compaixão, que de conhecer tão bem por dentro ele já não conseguia acreditar mais nem em tostão.

Das conversas de Ernesto sobre um porvir feliz qualquer para eles, a mulata zombeteava com os olhos e palavras de descrença que escorriam pelo seu risinho irônico e silencioso. Nos encontros em que se perdiam em deleites, quando Ernesto começava a costurar futuros e sonhos a carinhos devassos e ternuras, Rosário sorria seus desdéns e lhe enumerava os obstáculos. Dispunha tudo de um modo tão cru e agudamente contraposto à realidade, que ela tomava desde logo por adversa, que o padre sucumbia e deixava de insistir. Até por estratégia talvez devesse mesmo se conformar com os fatos e se acomodar ao que ela dizia ser a realidade. Mas não que fosse, mesmo porque realidade, afinal, é o que se imagina que ela seja. Toda realidade sempre é pura imaginação.

Se o padre insistisse que poderia, por exemplo, dar aulas de latim em alguma escola que o aceitasse como professor, a doce mulata azedava-se com o que considerava insistência dele no devaneio. E era bem capaz de virar-lhe o rosto, egípcia e indecifrável, na próxima vez em que se cruzassem na calçada. Isso sem considerar o tanto de tempo que poderia levar para ela voltar à igreja e manejar sobrancelhas e insinuações, discretissimamente sentada num dos bancos das filas da frente, para que ele fosse novamente ter com ela. Então Ernesto ia se mantendo prudentemente nos contornos das possibilidades que realmente sabia existir. Uma vida clandestina de encontros fortuitos entre um padre e uma mulher casada.

Não que ele não se dispusesse a insistir, a subir e descer a ladeira da Misericórdia com ânimos renovados a cada vez que via brilhar sobre o mar os dourados de um novo poente, ou a contornar com leveza pela ladeira do Castelo, voltando de um flaneio pela cidade, quando via nos olhos dela um lampejo qualquer de esperança, mas comedia sempre o que falava, de modo que também aquilo que não dissesse tivesse consequências. No caso, não acirrar as ironias que Rosário despejava incomplacente sobre seus sonhares. Quando isso acontecia, podiam ficar dias sem se ver ou se falar até que a alma de Ernesto percorresse, com o pensamento despojado de egoísmos, as razões dela. Aí, ele se enchia de compreensão, relevava o ceticismo arisco da mulata, e tudo se dissipava em perdão. Porque, se Deus que era deus, como estava em Lamentações 3.31-33, *"Porque o Senhor não rejeitará para sempre. Antes, se entristeceu a alguém, compadecer-se-á dele, segundo a grandeza das suas misericórdias. Porque não aflige nem entristece aos filhos dos homens do seu coração".* Não haveria de ser ele, um simples padre, que deixaria de se exercitar na arte do perdão.

O amor, quando não move as montanhas, ou as perfura com afinco e fé, sobe e desce por elas assoviando modinhas de encantar mulatas. Depois que faziam as pazes, era assim que padre Ernesto caminhava pelo calçamento irregular das ladeiras do Morro do Castelo, leve, quase a flutuar, assoviando de feliz que ficava. Podia até não ser um comportamento muito adequado para ele — um homem de religião — ter-se por um assoviador de modinhas, mas nem por isso o padre deixava de caprichar quando passava em frente à casa de Rosário, sempre que sabia não estar lá o marido dela. Era o seu jeito de insistir. Era o seu modo de caminhar pela sombra benfazeja e fresca que a felicidade de estar com a sua mulata lhe trazia. Assoviar modinhas, serelepe e contente, quase sem nem sentir os pés tocando o chão pedregoso do calçamento. Porque de levezas são feitos o amor e o perdão.

Às vezes ela concedia em sonhar com ele. Numa tarde que nem havia entornado ainda de todo sobre o morro, enquanto se refestelavam exaustos, um ao lado do outro, de olhos preguiçosos voltados para a luz bruxuleante do lampiãozinho que Ernesto trouxera para o interior da galeria onde se encontraram, Rosário disse que precisava voltar logo para casa e descascar mais batatas para o caldo verde que estava a preparar para a janta. Ele de gaiato disse que preferia uma boa sopa de legumes. A mulata quase se perdeu quando respondeu que não havia legumes que bastassem para uma sopa. Talvez desse para um refogadinho com galinha, se ele quisesse, mas caiu em si antes de terminar aquela conjectura e riram muito. Então o padre disse a ela que o que mais desejava era isso, provar na ceia a sopa que ela preparasse no cair das tardes da vida que levassem, onde quer que fosse. Bastava ela dizer sim. Era tudo o que ele mais queria.

Rosário repesou a situação e se recompôs da surpresa inicial, exibiu o marfim dos seus dentes muito brancos a lhe escapulir da moldura dos lábios generosos que dissimulavam sua descrença atroz. Depois disse que, para um padre, mesmo os que namoram a ideia de deixar a batina, o casamento continuava a ser indissolúvel. E ela era uma mulher casada, afinal. Certas interdições não estavam só nos preceitos da Igreja, mas também nos inescapáveis olhos atentos dos eternos observadores da vida alheia. Ele falou de uma casinha encimada de azulejos pintados com figuras de santos longe dali, num dos novos bairros que cresciam ao longo da estrada de ferro. E ela retrucou que seriam fatalmente descobertos e falados, porque muita gente no Morro do Castelo tinha parentes morando naquelas lonjuras do Encantado, Méier, Todos os Santos. Ernesto então falou em uma cidadezinha qualquer no interior, onde ninguém os conhecesse. Ele poderia, quem sabe, pleitear na cúria uma paróquia perdida num pé de serra longínquo onde morasse apenas gente calma e galinhas que ciscassem no adro, alheias ao passado deles. Ela então tomou-se de brios e disse ofendida que não tinha vocação para ser mulher que ele visitasse às escondidas para o resto da vida.

Não adiantou o padre dizer que ele estava mesmo disposto a pendurar a batina e meter o pé no mundo. Viver para ela e o menino Rafael. Cuidar deles tempo afora. Do que haveriam de viver, inquiriu impaciente a mulata. Ernesto disse que daria aulas de latim. Ela observou arguta que no interior, onde nem a própria língua brasileira se falava direito, ninguém haveria de ter interesse em aprender latim. Ainda mais com um professor que tivesse abandonado a batina. Foi quando Ernestou sustentou que poderia então trabalhar no campo, plantar, colher e viver do que desse a terra. Mas nada a demovia de seu ceticismo. Como haveria ele, um homem de mãos tão finas e gentis, se pegar com o cabo de uma ferramenta que sequer sabia manejar. Da boca da mulata jorravam esses frios desestímulos sobre as ideias que ferviam na cabeça do padre, mas algo nos olhos dela parecia desmentir o que os seus lábios diziam. O olhar dela dizia sim, mas a boca ensaiava o não.

Ernesto achou prudente não insistir mais naquele momento. Nada do que dissesse a demoveria naquela hora. Porque, se o coração dela balançava, ainda não estava de todo convencido. Chamegou no cangote de Rosário até arrancar-lhe uma risada solta e gostosa e, rindo também, pediu que ela pensasse em tudo o que ele tinha dito com toda a calma e o carinho que tivesse, pelo tempo que fosse necessário. Que ponderasse, mas desse asas à possibilidade de serem felizes e de prorrogarem tudo aquilo por um tempo para além da aventura, de uma paixão livre e inconsequente. Um outro mundo de encantamento e delicadeza era possível. Os sentimentos que estavam se dando a perceber um pelo outro podiam ser cultivados e multiplicados. O olhar dela até engravidou-se de uma lágrima, que todavia não lhe escorreu descabelada pela face. Sua cabeça quase ia fazendo um movimento de negação, mas, comovida, ela acabou assentindo sem palavras. Também sem falar gastaram o resto da tarde em carícias e dengações tantas que ela por pouco não perdeu a hora. Quase não chega mesmo a tempo de descascar as suas batatas.

Nos meses que se seguiram, padre Ernesto tornou com ela às casinhas de subúrbio de sonhos e azulejos, aos cheiros mornos das jantas em cidades sem nome, interior adentro onde houvesse uma igreja.

Ela quase nunca passava do jardim dessas moradias que Ernesto imaginava. Dizia que não ficava bem para uma mulher dar-se a frequentar a casa de um padre. Ernesto sorria sério, de um modo que só ele sabia fazer, e dizia que estava pronto para uma vida a dois com ela, ou melhor, a três, porque havia Rafaelzinho, de quem ele haveria de cuidar também, com denodo e empenho para que nunca nada lhes faltasse. Ela retrucava meio zombeteira, sem azedumes, mas incisiva, que ele não deveria pensar em casar, porque é aos padres permitido apenas ministrar esse sacramento, mas não viver nele. Além do mais, casada ela já era e não poderia dar-se a esse sonho com ele, porque só se casa uma vez. Também tinha que não era recomendado a uma mulher deixar para trás sua reputação, sua casa, ainda que modesta no alto daquele morro, e um homem agastado e doente pelos excessos do álcool. Por isso não adiantava Ernesto dizer que poderia deixar a batina, se esse fosse o modo de estarem juntos em uma mesma casa, num mesmo futuro.

Teve, sim, algumas vezes em que a mulata venceu o jardim imaginário de roseiras que Ernesto regava todos os dias e viram-se os dois na varanda de azulejos da tal casinha, olhando a rua, as modas e as pessoas a retornarem a suas casas no final da tarde, cansadas do trabalho, mas alegres por chegar ao porto seguro de cada qual. Sentados os dois em canapés de confortáveis espaldares, comentavam docemente a vida alheia, as manias e os modos dos vizinhos, entretanto, sem adentrar-lhes as intimidades com críticas mordazes. A não ser por uma ou duas vezes em que, distraída, se permitiu, não ousava a mulata adentrar a sala dessas imaginações, onde Ernesto já havia instalado uma cristaleira que tinha até cheiros peculiares entranhados, de madeira e compotas de conservas. Nesse cômodo espaçoso também havia um sofá, e na parede acima dele o padre já tinha pendurado quadros e retratos, mas mantinha cerradas as cortinas para se preservarem de indiscrições indesejadas. Mesmo nessas vezes em que cedeu à curiosidade e quase entrou na sala, Rosário deteve-se à porta, sem entrar. Nem em imaginação se permitia ir tão longe com o padre. Ainda que a ele concedesse todas as intimidades clandestinas em locais proibidos ou secretos que alcançavam pelos subterrâneos como faziam e continuaram fazendo pelos meses afora. A mulata claudicava para ir mais longe do que isso. Apenas sorria umas alegrias que entremeava com dissimuladas ironizações, e depois cedia aos carinhos do padre.

Rosário caminhava vagarosa e hesitante pelos caminhos que os desejares de Ernesto construíam com aquela aparente desenvoltura. Porque o amor não só move montanhas, mas também constrói e mobília as casas, senta-se às varandas e cultiva jardins de roseiras. Vez que outra ela recuava aflita, como que assustada, assim como quem entra em um cômodo de uma casa estranha por engano e vê algo de que tivesse um inexplicável e repentino receio. Porque o amor também quer se precaver do imponderável com cautelas e certezas, mas não é um sentimento retilíneo, e sim subterrâneo e sinuoso, que se esgueira pelas almas entre as possibilidades. Aí a mulata hesitava, contida e cautelosa. Depois, voltava ela a colocar o seu pezinho no caminho do sonho e os verdes da esperança voltavam a habitar o olhar do padre sobre as cores do sol poente.

A vida foi indo e vindo nos altos do Morro do Castelo. Subindo e descendo descalça as ladeiras da esperança. Ora mudava-se dali para uma casinha caiada em algum lugar imaginado e calmo, ora perfeitamente conformada com a fatuidade. Às vezes plantando roseiras guarnecidas por pés de romã num jardim suburbano e ameno, quando não também mangueiras no quintal de suas imaginações. Mas sempre frequentando subterraneamente, com discrição e prudência, um ao outro em espaços de tempo mais ou menos regulados pelo fortuito e pelo desejo de estarem nus. Tudo correu assim por um incerto tempo. Mas tem mais a vida a oferecer surpresas do que viventes no mundo para vivê-las com despreocupação e desprendimento.

7

Era finalzinho de setembro e Rosário precisou desabalar-se às carreiras para ir buscar o filho na escola naquela manhã de quinta-feira. Alguém usou um telefone para dar o recado a Aurélio no armazém e Manoelzinho Caixeiro foi quem chegou, botando os bofes pela boca, com a notícia à casa da mulata. Os reis da Bélgica iam receber naquele dia uma homenagem das crianças em idade escolar na Quinta da Boavista, mas os estudantes de cor foram retirados de sala na última hora. Ordem do prefeito. Eles não participariam. Eram milhares de crianças, mas apenas as bem branquinhas poderiam ir cantar o hino da Bélgica naquele francês muito do cambeta, ensaiado durante meses por todas, para deleite de suas majestades. Pretos, pardos, mulatos, cafusos, os filhos dessa gente bronzeada, eles, não.

No fim, como depois se viu, foi até melhor para os que não foram. A desorganização das autoridades mais desmereceu o evento do que a cor preta dos que foram impedidos de comparecer. A cidade, o país todo, aliás, era governado por uma elite macha e branca que não representava os seus cidadãos, fossem brancos, pretos ou misturados, e defendia com luvas e lábia apenas seus próprios interesses. O concerto dos bem-postos é que queria os desmontes de morros, os aterros e outras obras, desde que lhes fossem convenientes. E ainda por cima essa gente se gabava de macaquear comportamentos e modismos, numa atitude culturalmente subalterna, que implicava repelir, desprezar e rejeitar o que se tinha de original por aqui. Eles, os bem-postos, é que produziram a cerimônia, que foi um verdadeiro fiasco comentado por dias seguidos. Para embolsarem mais, os vendedores de refresco entupiram e danificaram os bebedouros da Quinta, suas majestades belgas se atrasaram demais, as crianças penaram horrores horas a fio no calorão endemoniado que fez. Nada funcionou como deveria.

Rosário e Ernesto ficavam juntos toda vez que o fortuito lhes oferecia uma oportunidade, que era sempre aproveitada com gosto e muita discrição. Mas isso às vezes podia levar tempo. Pelo fugidio em que tudo precisava se dar, quase não conversavam direito nesses encontros. Falavam menos do que faziam, ainda que sussurrassem muito. Gastavam o mais do tempo em tocarem-se de variadas formas, com o dorso das mãos, as pontas dos dedos, fazendo uma leitura quieta e silenciosa de suas peles. Trocavam gestos e carícias insanamente ternas, enquanto chamegavam com afinco, mas tudo praticamente em silêncio. Mas de vez em quando davam de falar de desimportâncias cotidianas, como um casal de convivência consolidada e amena. Entretanto, por todo o cuidado que cada encontro inspirava, apesar da segurança dos corredores subterrâneos e da passagem aberta que dava no poço no quintal da mulata, o que muito lhes facilitava o acesso aos deleites da clandestinidade, podia levar mais de mês para conseguirem estar juntos. Fosse porque Aurélio agora nem sempre ia para o armazém logo cedo, debilitado pelas sucessivas ressacas ao longo dos anos, fosse porque Ernesto não conseguia se desincumbir dos seus afazeres eclesiais em tempo hábil, ou porque Rosário simplesmente hesitava, ou alegava algum inadiável afazer com o pequeno Rafael.

Nos encontros, quando a conversa de Ernesto voltava a descambar para colorir com palavras de sonho um possível futuro entre eles, Rosário ouvia e calava-se. Depois atalhava com aquele sorriso mudo, mas de uma ironia tão estridente que desmanchava qualquer projeto arquitetado nos pensares do padre. Mas na semana seguinte lá estava ela, sentada com suas saias, coberta com suas rendas, o colo adornado por colares de contas coloridas, as chinelas repercutindo nos ladrilhos gastos da igreja nova de São Sebastião, conjugando com toda a discrição um alçar de sobrancelhas com o suspender de um canto do lábio. Coisa que comovia o padre de tal modo que as caraminholas se emendavam umas nas outras dentro da cabeça dele e teciam remendos em seus devaneios de futuro, atravessando todas as interdições e culpas com que se deitava depois de se estar com a sua mulata.

Aurélio piorava a cada dia, já lhe faltavam energias para os vigorosos xingares de antes, mas nem por isso deixava de beber, ou de delirar suas insanidades e de mastigar desaforos por entre seus dentes já faltosos para Rosário, que aturava tudo com resignação, sem uma condenação sequer que fosse, nem mesmo os pequenos gestos que costumam trair a insatisfação interna ou a desaprovação. Ela sabia ser toda dissimulação. Descendo apressada a ladeira, correndo a pegar o filho na escola naquele dia, a mulata ainda quis dizer alguma coisa quando viu Ernesto do outro lado da calçada, mas não teve como. Apenas recolheu convenientemente o seu sorriso às prudências e seguiu, cedendo às pressas e ferindo o mundo com os seus calcanhares aflitos. Ele ainda quis acenar, mas havia muita gente na rua àquela hora. Foi a única vez em que se viram fora das missas na igreja naquele mês.

O mês seguinte, entretanto, não venceu sem estarem juntos a compartilhar seus ardores. Dessa vez, o padre se rendeu a um menear de cabeça dela, discreto mas assertivo, durante a missa logo cedo. Em seguida, com a desculpa de precisar buscar uns aviamentos na cidade, adentrou ainda antes do almoço pelos subterrâneos, desceu os degraus úmidos da escada atrás da sacristia, ganhou o corredor, que ia se alargando até alcançar o salão deserto de antigas riquezas e cheio de segredos, tomou a outra galeria, e finalmente se viu no poço do quintal mal sombreado da casa de Rosário. Afastou a tosca tampa de madeira com cuidado, conferiu a ausência de qualquer alma vagando entre as goiabeiras. Tudo deserto e seguro. Vendo o caminho livre, andou macio até a porta da cozinha, que estava entreaberta, mas precisou ser empurrada para lhe dar passagem. A dobradiça desta vez rangeu, enchendo o silêncio sem cigarras nem passarinhos com suas apreensões. Rosário não o esperava na cozinha como das outras vezes. No entanto ele percebeu no ar, além do silêncio que logo se recompôs depois do ranger da dobradiça, o perfume de folhas de oriri que vinha de algum outro canto da casa. *"Quem é esta que sobe do deserto, como umas colunas de fumo, perfumada de mirra, de incenso, e de toda a sorte de pós do especieiro?"* Pensando assim no sentido do versículo recitado nos Cantares 3.6, o padre foi seguindo o aroma, que adquiria notas mais fortes à medida que se aproximava do quarto.

A porta do cômodo estava aberta e ela nua, sentada na cama do casal. A colcha, também perfumosa, tinha tantos remendos e eram tão coloridos que ele nem se importou por não conseguir distinguir bem de que cor era o tecido original. Rosário sorriu com uma perversidade tão encantadora que todas as palavras de espanto que o padre quis dizer se evaporaram pela sua boca aberta e maravilhada diante daquela cena que nenhuma imaginação teria ousado. O sorriso, que era sempre um convite, evoluiu para um murmurar de dengos e ele não pôde mais resistir. A batina lhe saiu pela cabeça e alguns botões se foram na pressa, as ceroulas logo após, tudo na aflição de ficar também nu para merecê-la naquela exuberância. Veio-lhe à recordação um trecho de Provérbios 6.27, que condenava o adultério: *"Porventura tomará alguém fogo no seu seio, sem que os seus vestidos se queimem?"* Mas esqueceu logo e gastaram-se em infinitos chamegos até comungarem-se em indizíveis prazeres e gemeres enternecidos. Mas, antes ainda de a tarde chegar ao meio, já estava o padre de volta à sacristia e a mulata a seus afazeres.

O marido de Rosário sempre voltava para casa adernando, isso quando conseguia voltar, e não haveria de ser diferente naquela noite sem lua nem estrelas. As luzes dos antigos lampiões a gás que ainda sobreviviam no Morro do Castelo tremeliam como que ao sabor irregular dos seus cambaleios, desde a rua do Cotovelo, onde ficava o armazém, até chegar quase ao alto da colina, que havia voltado a ser a preocupação da prefeitura. Às vezes encostava-se a um poste e, mamado como um marinheiro desembarcado, ia escorregando para baixo até chapar-se completamente no chão, sem nenhuma dignidade. Ficava lá até a mulata ir resgatá-lo com sua resignação fingida. Vez que outra, Aurélio parecia ver coisas estranhas e sinistras ou talvez apenas confundisse com vultos fantasmagóricos os vira-latas que o seguiam, e dirigia a eles os mais absurdos impropérios, que, nos bons tempos, podiam ser ouvidos a distância, mas agora já nem tanto.

Nunca, entretanto, ele havia visto uma figura como aquela, nem em seus delírios mais espetaculares. Recostada a um umbral de porta, uma mulher tão estranha a mirá-lo com menosprezo e desdém, que no entanto eram filtrados por um sorriso de dentes escuros, plantados em uma boca pintada de tentadores carmins. Tentou se ajeitar e se recostar no poste, recobrando alguma compostura, mas de repente, música! E a mulher, vestida em púrpuras com elegância e esmero, ao abrigo de uma capa escura com capuz, começou a dançar e a sorrir mais abertamente para ele. Aurélio encantou-se com ela. Pôs-se de pé, pelo menos o mais de pé que seu eixo perdido para a bebida podia sustentar naquele momento. Isso lhe emprestava uma posição meio inclinada, mas com a cabeça pendendo para o lado contrário, para compensar a falta de equilíbrio que era ainda mais agravada pela pança.

Mesmo adernado como estava, começou a mexer a cabeça em movimentos ritmados, que foram se propagando pelo corpo dele todo, embalado pela música que ouvia e que vinha não se sabe de onde, mas que impregnava tudo ao seu redor. Ele também dançava. Bailavam os dois agora, cada vez mais próximos um do outro. Deram-se as mãos e evoluíam em passos e volteios. Ele parecia feliz e até sorria como havia muito não acontecia na sua vida desregrada pela bebida barata. Rodopiavam os dois nas pedras irregulares da rua mal iluminada, como se estivessem em algum salão de tábuas corridas e escovadas, guarnecido de lustres e luzes a rebrilhar entre os sorrisos felizes dos casais.

Uma tábua solta, ou uma pedra, e um passo em falso. Foi seguramente algo assim, mas ele jamais saberia dizer ao certo o que aconteceu mesmo, nem na hora do Juízo, se assim lhe perguntassem. Menos ainda do jeito que ficou no chão estatelado. Os olhos arregalados, a boca bêbada aberta, o rosto mal barbeado do dia anterior. O corpo inerte e amolengado, as articulações frouxas tracionadas em direções e ângulos improváveis, esparramado e flácido, e com um filete de sangue a lhe escorrer de um galo roxo na testa. Rosário não viu a cena se compondo até culminar nesse ponto. Preocupou-se com a demora de Aurélio, sim, que foi além do comum de ser, mas, cansada demais da lida diária com as roupas para lavar, o trabalho da casa, a entrega das trouxas carregadas na cabeça, lá embaixo na casa dos fregueses, acabou adormecendo pesado e não acordou com as galinhas, antes do nascer do sol, como todo dia. Não seria a primeira vez que o marido teria dormido em uma beira de calçada qualquer, sonhando os seus pesadelos. Só que daquela vez ele não acordaria mais, e quando o sol surgiu naquela manhã iluminou o corpo inerte de Aurélio na rua e novas possibilidades de destino para a mulata Rosário.

Aurélio, não, porque não poderia mesmo, mas a notícia de sua morte andou apressada de boca em boca até a casa de Rosário, nos altos do morro. Ela correu às pressas para o cenário sem nem lavar o rosto e, chegando lá, não viu nada além do corpo inerte de Aurélio jazendo sobre as pedras frias e ainda úmidas de sereno do calçamento. Rosário não viu a tal mulher em suas púrpuras, nem a capa, nem nenhum alfanje escondido em suas dobras, que era onde o havia mesmo escondido a velha senhora ceifadeira. A mulata não ouviu música, nem viu ninguém dançar. Mas lembrou-se das premonições de João Gambá, que se cumpriam sem que ela pudesse confirmar. Para ela, as previsões deram em nada. Não rolou naquela hora nem uma lágrima de pesar no seu rosto dolorido. Só mais tarde no velório derramou um choro regulamentar, mas sentido. Foi de tristeza e alívio que ela chorou. Depois, esteve da cozinha para a sala a preparar café e bolos e a servir a todos os que vinham apresentar seus compungidos sentimentos e enaltecer as qualidades do morto. Como se ele as tivesse.

Padre Ernesto veio e rezou missa de corpo presente, antes de o cortejo partir para o cemitério no dia seguinte. Tomou café e comeu do bolo que era servido em rodadas espaçadas. Manteve uma distância prudente de uma Rosário de olhos inchados e lacrimosos, mesmo tentado que esteve a tomá-la nos braços e consolá-la, porque viu a tristeza nos olhos dela e se sensibilizou.

Nos dias seguintes quase não se viram. Rosário adotou um luto que lhe impunha uma elegância suplementar que lhe assentava muito bem até, mas que guardava pouquíssimas semelhanças com a mulata brejeira de vestes coloridas e colares que transitava por aquelas ladeiras no sobe e desce de colocar roupas para quarar sobre os capins baldios. Quando saía, caminhava ela agora com o menino pela mão com um andar grave e estudadamente vagaroso, e ainda usava uma sombrinha também preta já um tanto desbotada, presente de alguma vizinha solidária. A gravidade e o luto, porém, não se desabandonaram do desejo. Rosário procurou Ernesto mais de uma vez e o encontrou pensativo, ainda que saudoso de seus dengos sempre estivesse. Ela quis saber o que nublava aqueles verdes do olhar dele, mas o padre pareceu propenso a responder por enigmas. Disse a ela que Deus escreve certo por linhas tortas, mas às vezes Ele nem escreve, nem ninguém lê, apenas o couro come no lombo das almas.

Ela ficou por entender o que ele pretendia com aqueles dizeres enigmáticos e achou melhor não perguntar mais. Apenas deixou-se abandonar aos seus dengares pelos tempos estranhos que sucederam ao pequeno infortúnio que foi a sua libertação.

Ainda faltava quase um mês para o Natal quando uma escavadeira velha de outras guerras no Morro do Senado foi instalada ao sopé do Morro do Castelo, do lado que dava para a avenida Central, e começou o lento e longo desgaste do reduto onde moravam pobres, remediados, pretos, uma viúva elegante e discreta nos seus lutos e o coração buliçoso de um padre sonhador.

8

Coisas que começam mal tendem a não terminar bem, especialmente quando não se lhes compreende direito a natureza, e o sentido delas escapa pelas frestas do desentendimento. Mesmo quando se as entende melhor, de dormir com elas e acordar mais íntimo, nem sempre dá tempo de adotar a atitude que faça redimir ou que resgate o que já se terá perdido para a incompreensão. Ainda que nada impeça que se continue tentando e tentando, até conseguir, ou até o último momento antes de desistir para não sofrer mais.

Por mais que se fale, ou que se cale, sobre as coisas, é o amor que as compreende, silenciosamente, ou em meio a efusividades e festejações. E a alegria de compreender às vezes se veste em fantasias, brilhos e cintilações variadas. Entretanto, tem que a alegria de não entender nada, só mesmo a pura vontade de festejar, também produz boas celebrações, como é e será o carnaval ainda por muitos anos, graças a Deus.

Depois que os reis da Bélgica partiram de volta ao seu país, em que, se não era a gloriosa França, ao menos se falava o francês, o assunto mais comentado no vaivém das gentes, nos cafés e nas calçadas por onde se flanava, ou durante as jantas, em cada casa nas ceias, principalmente no alto do Morro do Castelo, era a Exposição Internacional do Centenário. Um evento que precisava ser digno das celebrações dos cem anos da independência do Brasil. Não porque qualquer casteleiro entendesse exatamente o sentido da palavra independência num país em que tudo e todos dependiam, ou queriam depender, do Estado. E em que o próprio Estado dependia de exportações e manipulações selvagens nos mercados internacionais de café, açúcar, e de empréstimos externos para tocar seus negócios. Todos os moradores do morro ou eram filhos dos que assistiram ou haviam pessoalmente assistido, atônitos e abestalhados, à proclamação de uma República pelos mais contumazes conservadores do Império. E estes é que sustentavam agora, em seus discursos empolados, jamais com o seu próprio dinheiro, a imperiosa necessidade das reformas urbanas a bem de se organizar a festa. Era irrefreável a sanha de embelezar a cidade para a tal grande exposição.

Embelezar a cidade. O verbo só faria sentido se ela fosse feia. Não era. Civilizar era outro verbo que gostavam de conjugar na primeira pessoa prefeitos, secretários, prepostos e toda a gente de bem. Sanear também se usava amiúde, abusivamente até, para quase tudo, mas ao menos era mais aceitável. Todos, até os, por assim dizer, encardidos que moravam no

Castelo achavam a cidade suja. Entretanto, apenas no discurso os que administravam a coisa pública mantinham os seus pudores. Na prática, as verbas e os recursos percorriam um caminho de sinuosas promiscuidades e intimidades por baixo dos panos. Como a das comadres do morro, por cima dos muros, trocando terrinas de açúcar e potinhos de compotas, administradores, empreiteiros, intendentes da Câmara se trocavam em favores e obséquios escusos.

No caso do embelezamento, nesse eufemismo acadêmico estava embutida a ideia de que a natureza, os caprichosos recortes de areia branca onde vinha o mar se debruçar sobre a terra, as matas se desdobrando em verdes sob o sol claro e complacente, o relevo, as montanhas não deviam mais ser a moldura de beleza para as arrogantes arquiteturas da cidade de cimento, com suas avenidas e prédios de estilos mal misturados, com sacadas guarnecidas de grades de ferro retorcidas em um tardio *art nouveau*.

Porque tudo precisava mudar para continuar a ser como sempre foi, desde o Império. Tudo agora se mercadejava. As novidades que brotavam das modernidades inventadas por espertos logo se transformavam em serviços concedidos aos amigos e aliados, como no tempo do imperador. A pressa das gentes, a velocidade, as lojas e suas vitrines, as buzinas zurrando suas nervosias, os ônibus elétricos cortando a avenida Central davam a sensação do novo. Os arranjos escusos dos governantes sustentando as decisões de poucos sobre os destinos de todos enchiam de indignação ou de tédio os mais novos e de ingratas recordações os mais antigos. O mito do progresso servindo como um biombo cambeta à dependência, quando não à franca subserviência cultural. Tudo cada vez mais veloz e acelerado de modernidades, mas tristemente igual no modo particular de tratar o que era público. E o Morro do Castelo era visto por essa gente como um quisto encardido de pobreza e de atraso, encravado numa região que se queria fresca e airosa. Uma verruga na cara da cidade, que a maquiagem de prédios novos ao longo da avenida Central não conseguia encobrir.

Por esses motivos, a velha e heroica montanha transpassada de subterrâneos, galerias, túneis e outros segredos estava condenada. Seus dias de intransponível barreira aos ventos benignos vindos do mar e de reduto de pobres e da decadência dos remediados estavam contados. Para a nova máquina mercante não era de bom-tom deixar aquela região toda da Misericórdia, que incluía o morro, onde moravam imigrantes e mulatos, trabalhadores e malandros, lavadeiras e cartomantes, embarcadiços e tatuadores, que haviam escapado às impiedades do bota-abaixo, a apenas dois palmos da avenida e de suas vitrines de modernidades. Era preciso afastar aquela gentinha misturada para longe dali, para onde não pudesse ser vista pelos futuros visitantes da tão importante exposição internacional.

Poucos acreditavam mesmo que a condenação fosse dar em alguma coisa, tantas vezes o morro já havia sido antes condenado, mas a velha escavadeira a vapor, instalada ao sopé da montanha, incomodava. Ela estava lá e fazia lentamente o seu trabalho. Tão lentamente que o descrédito era o que mais causava, além de cócegas no Morro do Castelo, que, todavia, não ria. Ninguém acreditava, mas todos viviam um tempo de apreensões. Afinal, o prefeito já tinha na relação dos seus feitos a derrubada de outro morro, o do Senado. Tinha obtido também havia tempos uma concessão para derrubar o Castelo, mas, como deu com os seus burros n'água por causa do assim chamado encilhamento, agora poderia querer a revanche.

Nessas questões não se demorava tanto o padre, torturado que estava o seu coração por outras incertezas mais atrozes a se remoerem na sua alma impura, onde desejos, amor e fé se misturavam em doses desiguais. Pensava em como um deus que é todo amor e compaixão poderia de alguma forma condenar o delicado sentimento que se havia aninhado em seu manso coração pela mulata Rosário. Acudiam-lhe os versículos do Salmo 32.1: *"Bem-aventurado aquele cuja transgressão é perdoada, e cujo pecado é coberto."* Neste caso, ele e a sua mulata eram muito bem-aventurados, mais pelo zelo e pela discrição que sempre tiveram em ocultar aquele amor do resto dos incréus do que por outra coisa, porque a culpa que invadia o coração do padre transparecia nos seus olhos verdes e tristes. Cobertos sempre souberam se manter das indiscrições do alheio. Mas perdoadas seriam mesmo suas amorosas transgressões? Esses pensamentos iam e voltavam, e tornavam a ir e tornavam a voltar, sem que sua alma se desangustiasse.

A abalada confiança do padre na Igreja Romana não balançava a crença que ele tinha em um deus só, justo e bom. Mas aquela estrutura secular desprovida de compaixão, que havia abençoado iniquidades como a escravidão, aos poucos perdia terreno para os carinhos desapegados da mulata Rosário. Mas o desapego dela também o abalava deveras, assim como cada uma das agulhadas mordazes com que o espetava, ao mesmo tempo que costurava seus ceticismos aos comentários sobre o presente que tinham e o futuro que não poderiam ter. Isso é que abalava mesmo o padre, por demais. A sua crença no sentimento dela padecia e cambaleava. Quem ama acredita que o amor é capaz de superar tudo e caminhar célere e determinado na direção da felicidade. Mas o amor não tem pernas, são os amantes que andam.

Em mais uma tarde, depois de combinar com padre Ernesto por sinais discretos durante a missa, e de deixar na Escola Carlos Chagas o pequeno Rafael, Rosário desceu pelo poço existente no seu quintal, ganhou a galeria e caminhou serena em seus requebros até o grande salão onde a doce e terna esfregação a que se dedicaram os fez esquecer essas incertezas.

Todos os pensamentos contradicentes e conflitantes entre os seus quereres se dissipavam naqueles dengos que tateavam nas peles um do outro. Foi a primeira vez em que ela precisou esperar por Ernesto. Ele que, nessas ocasiões, sempre chegava antes, ou, quando muito, ao mesmo tempo que ela. Mas a mulata não precisou esperar tanto, logo ele apareceu. Chegou esbaforido. Padre Laurêncio o detivera com assuntos que lhe pareceram desimportantes, mas ele não teve como se livrar. Ela sorriu. Sorriram-se. E se entregaram àquele redemoinho de delícias em que gastavam com prazer suas tardes clandestinas.

Rosário não se permitia dar a sonhos porque a dura realidade, na forma de credores vários, ainda batia à sua porta com certa regularidade para cobrar dívidas que o falecido havia contraído em compras de mercadorias para o armazém. Algumas nem chegaram a pegar a poeira das prateleiras. Eram fornecedores de produtos diversos, homens de idades e aparências variadas. Uns em mangas de camisa e tamancos, menos distintos, outros mais ou menos bem apresentados, com bons sapatos e bigodes. Estes usavam a aparência próspera para intimidar os devedores. A todos Rosário devolveu o que pôde ser devolvido. Contabilizou as perdas do que deteriorou com o calor, o tempo e o mau acondicionamento. Não que a vida de Rosário tivesse sido fácil, ou menos dura, em algum momento de seu convívio com Aurélio, mas o fato é que, agora, o seu cotidiano se tornara bem difícil. Sentia o desamparo acompanhar seus passos, a necessidade a lhe morder os calcanhares.

As casas da rua do Cotovelo já haviam sido vendidas para pagar o que Aurélio devia, ainda em vida. Vendeu-se também o armazém com todas as mercadorias que não puderam ser devolvidas. Os credores compareceram ao enterro de Aurélio, mas compreensivelmente opuseram forte relutância em enterrar seus créditos com o morto. Sobraram a casa malconservada onde morava, com sua varanda bordadinha de caprichosas avencas, e algumas dívidas em dinheiro que ela conseguiu parcelar para pagar com o trabalho honesto de lavadeira, de lavar e estender roupas brancas, como almas puras ao sol que fustigava a terra e os pecadores. Sim, porque a mulata e o padre continuaram pecando em segredo durante todo o luto que ela sustentou em honra a seu pudor de viúva.

Se a luxúria reconforta o corpo, a culpa é o chicote da alma, que só perseverava na virtude sob a ameaça da chibata. Pecando, ainda mais no colo aconchegante de Rosário, era muito mais gostoso viver. Mesmo poupado pela sua mulata de saber das incursões dela nos terreiros de outra fé, o padre não se cabia de conflitos e pensares perturbadores. Mais perturbado estaria se soubesse das inclinações paganistas dela pelas macumbagens e simpatias a que se dedicava em surdina. Na sua santa inocência pensava que devia haver algo de sagrado no corpo harmonioso daquela mulher. Devia mesmo haver alguma coisa escondida em algum lugar das ancas ondulantes dela, para afetar tão profundamente a razão de Ernesto e por tanto tempo. Só podia ser isso, para causar nele aquele estado de devoção aos dengos da mulata. Para ele, padres deveriam vir ao mundo sem coração e destituídos de qualquer desejo que os molestasse e os afastasse do rumo do bem. Mas há que ter coração para abrigar a compaixão, que é a mãe de todo perdão, e que torna as almas mais leves. Percorrem muitos caminhos subterrâneos os quereres que desabrocham em tão gentis e esmeradas tessituras do espírito, mas Deus não negocia nem tergiversa. Deus é. E quem não seja que se manque do espírito.

Tem quem chame macumba de feitiço, por conta de simpatias e poções com poderes de submeter o ser amado à imensa doçura do carinho por alguém que cabe num coração. Mas é puro engano, porque, se guarda esse coração um sentimento assim, já estará enfeitiçado o feiticeiro. E a mandinga já terá estado em andamento muito antes do preparo de qualquer amuleto ou patuá. O encantamento amoroso antecede a destilação de quaisquer óleos, fluidos, essências, com que se façam depois beberagens suspeitas e unguentos. Assim vivia o coração de Ernesto, encantado, desde um momento impreciso entre o dia em que viu Rosário pisar nos ladrilhos da igreja nova de

São Sebastião e o primeiro beijo que trocaram. Mas não foi por essas razões que a mulata Rosário nunca pediu a João Gambá um amuleto, um patuá qualquer, uma poção, para ter para si, com os privilégios da exclusividade, o delicado amor que Ernesto tinha por ela. Foi porque não precisava.

Mesmo encantado por ela que era o padre, o remorso e a culpa também sempre viveram com ele, mas dormiam o sono bom da bonomia e da condescendência. Só passaram mesmo a pavimentar mais severamente seus caminhos depois que o sentimento se tornou carne. E a carne dele passou a comungar com a da mulata tantas delícias que ele quase se esquecia de Deus e Seus mistérios na hora em que mergulhava nos enternecedores enigmas que existiam sob os bronzes da pele dela. As incertezas o tomavam por não poder seu coração viver mansamente aquele amor transpassado por ironias e ceticismo, então a culpa e o remorso se acordaram e tomaram conta de seus dias. Até o pôr do sol, para onde Ernesto tentava desviar os seus olhos verdes de esperança, lhe trazia essas incertezas. Seu olhar se perdia nas luzes que o sol cansado derramava sobre o mar.

O sobe e desce dessas incertezas causava dores e angústia no combalido coração do padre, e apertava o seu peito ao mesmo tempo em que curvava suas costas de um modo que o fazia parecer ainda mais prostrado do que pudesse realmente estar. Pois foi justo no meio dessa prostração que a mulata Rosário depois de percorrer outra vez os corredores secretos que atravessavam a montanha para levar a ele os seus chamegos, perguntou se Ernesto ainda achava mesmo que poderia haver algum lugar no mundo onde um ex-padre pudesse viver uma vida comum, povoada de coisas modestas, com uma viúva de poucas posses. Numa casinha qualquer com ou sem um jardim, onde tivesse ou não um pé de romã se erguendo acima das roseiras. Além das roupas que já havia tirado àquela altura, ela precisou despir-se também de sua habitual desconfiança. Não para fazer a pergunta, mas para ouvir a resposta. Só não abandonou, por mera insegurança, aquele risinho tímido dela que às vezes ganhava o mundo em destiladas argúcias e num ceticismo contumaz.

Ernesto, com a alma lanhada de ironias, não percebeu insegurança qualquer em Rosário. Só viu o sorriso que ela pretendia amistoso e encorajador, mas que era só uma espécie de tabique para as incertezas dela, por onde Ernesto estava acostumado a ver pequenas ironias escorrerem pelas rugas de expressão. Imerso em suas culpas, o padre tomou-se de surpresa com a pergunta da mulata. Tropeçando nas próprias dúvidas, não respondeu logo. Remancheou o que pôde enquanto se refazia do titubeio, o que só fez aumentar a expectativa de Rosário. Começou a falar, mas gaguejava os argumentos. Era um padre que tinha em Deus toda a fé, mas que amava e também tinha uma verdadeira devoção por Rosário. E aquele sentimento, se Deus o absolvesse, certamente não teria abrigo qualquer no comportamento que preceituava a Igreja, e que ele devia seguir se desejasse continuar no ramo. Bambeava nele, entretanto, a crença em uma reciprocidade pelos sentimentos que ela suscitava nele. Sentia-se assim naquele momento, sem um rumo certo, dividido. Perdido entre o amor a Deus e o afeto dela. Desesperado, repetia os primeiros versículos do Salmo 86.1 em orações para que Deus lhe enviasse um sinal qualquer. *"Inclina, Senhor, os teus ouvidos, e ouve-me, porque estou necessitado e aflito. Guarda a minha alma, pois sou santo; ó Deus meu, salva o teu servo, que em ti confia. Tem misericórdia de mim, ó Senhor, pois a ti clamo todo o dia."*

Rosário viu que a dúvida e a esperança tinham a mesma coloração triste dos olhos do padre. Eram igualmente verdes. Isso porque ela não percebeu lá o remorso que também era da mesma cor, mas essa constatação não lhe autorizaria nenhum alento. Daí não perguntou mais nada. Calou o sentimento que havia pela primeira vez ousado ultrapassar em palavras os limites de seus lábios. Gastaram o resto da tarde a besuntar-se em fartos chamegos. Logo depois, o padre recolheu-se ao mosteiro por muito tempo em rezas e meditações e só se levantava do seu catre para rezar mais. Em suas aflições, recorria ao mesmo Salmo 86.4 naqueles dias de recolhimento e contrição. *"Alegra a alma do teu servo, pois a ti,*

Senhor, levanto minha alma. Pois tu, Senhor, és bom, e pronto a perdoar, e abundante em benignidade para todos os que te invocam. Dá ouvidos, Senhor, à minha oração e atende à voz das minhas súplicas."

Num desses dias de meditação, o padre ouviu vindo lá de baixo, da cidade, os ecos de uma insistente batucada acompanhados de uma algaravia qualquer, mas alegre. Desassossegou-se da cama, apurou os ouvidos, postou-se à janela de seu quarto no mosteiro. A batucada tornou-se mais vívida, o vozerio ao longe era de uns cantares em que havia alegria. Era carnaval. Da janela, Ernesto viu Rosário passando ao largo de seu olhar naquela tarde, descendo a ladeira em roupas coloridas de festa e fantasia. Ela não o viu. Meneava as cadeiras caminhando ao sabor do andante longínquo dos baticuns. O menino Rafael dormia em casa de uma vizinha e a mulata descia só. O colorido de suas roupas era de festa, mas ela não parecia nem alegre nem triste. Entretanto ia quebrando e requebrando com gosto, acompanhando com as ancas os sons da folia que o vento airoso fazia chegar aos altos do morro.

9

A Quarta-Feira de Cinzas trouxe os lutos e os roxos da quaresma, e as imagens dos santos nas igrejas cobriram-se com as tristíssimas mortalhas dessa cor. Padre Ernesto, por sua vez, perdia-se em orações e na tristeza ritual, que precisava ser curtida desde muito antes do dia certo em que Jesus teria de fato morrido na cruz para nos salvar. O sofrimento era parte do preceito. Um tempo de arrependimento e contrição reinava sobre as almas crentes na fé que pregava a redenção, que viria a seu tempo para a glória do senhor das gentes. De arrependimento, aliás, o padre entendia muito. No seu retiro, que adentrou pelos dias da quaresma, amargava as conturbações dolorosas do remorso ao mesmo tempo em que era visitado pela imensa falta que sentia dos carinhos de Rosário.

Vivia ele, assim, uma rotina de fé, saudade e culpa, ainda que não necessariamente nesta ordem, e curvava-se sob o peso desses sentimentos. Quase não se levantava de seu catre, a não ser para rezar e cumprir as penitências que ele mesmo se impunha.

Os sentimentos que habitavam sua alma eram verdadeiramente inconfessáveis, especialmente perante a pequena comunidade de religiosos do mosteiro e, mesmo sob a proteção do segredo da confissão, com ninguém ali convinha compartilhar seu drama, portanto a nenhuma outra pessoa senão a ele mesmo incumbia impor penitência qualquer pelas culpas que carregava.

Rosário buscou a esperança de ao menos um encontro nos olhos verdes de Ernesto por muitas missas ao longo daqueles arrastados dias da quaresma, mas sem qualquer sucesso. Movida pela saudade e pela vontade de estar com o seu padre, frequentou com diligente assiduidade os ofícios rezados no mau latim do velho Laurêncio, já que Ernesto, que cumpria seu recolhimento voluntário dedicado a reflexão e penitências, não dava as caras. Ela estranhava a ausência dele na condução das missas, mas não sabia, não tinha como saber, o que se passava exatamente. Dramas de consciência a mulata sempre soube que o religioso tinha. Talvez ignorasse a extensão toda do prazer e da aflição que causava nele a ternura que derramava abundantemente com sua pele sobre a do padre em cada uma das tardes em que se perdiam em carícias. Mas não sabia nada de Ernesto naquele momento. Nem por que tanto tempo longe. Nem que cumpria o tempo de recolhimento que se impôs, quanto mais onde estaria recolhido. E a ninguém poderia perguntar essas coisas sem despertar suspeitas senão a ele próprio, que não estava ali aonde ela ia quase todos os dias a sua procura.

Depois de longo tempo, que ultrapassou a quaresma, passou a saltear e a espaçar mais suas idas à igreja, mas não deixou de acalentar os desejos de um encontro com Ernesto. Uma tarde de volúpias e delicadezas como as que costumavam se dar haveria de esclarecer, ou esfumaçar, todas aquelas incertezas, ao menos desbastar os seus contornos com promessas que as bocas não precisam dizer, nem as almas prometer, para prorrogar o amor e o afeto por mais um período indefinido de alegria, por mais um tempo de alguma leveza naquela sua vida dura de lavadeira.

Acontece que outras fumaças também podiam afetar os contornos daquela situação. Dom Pepe, e seu charuto fedorento, estava lá no portão batendo palmas para que a mulata desse por ele. Era um espanhol que negociava com azeites. Vendera a crédito para Aurélio durante mais tempo do que a prudência recomendava, sem receber o que lhe era devido, sob as mais cabulosas desculpas. Rosário devia a esse credor uma pequena fortuna, que levaria ainda muito tempo para pagar apenas lavando e quarando roupas ao sol tenaz de cada dia. O espanhol não era um homem de todo desinteressante, ainda que meio bronco e sem imaginação. Não era velho, tampouco jovem e garboso, mas vestia-se condizentemente e usava bons sapatos. Era severo e pontual, mas com ela que não tinha rendimento certo costumava ter alguma condescendência e generosidade. Quando calhava de Rosário não ter na data combinada a quantia toda que devia, aceitava de boa vontade voltar uns dias depois para buscar o restante do dinheiro, que só pingava aos poucos, ao sabor das trouxas e trouxas de roupa que ela carregava na cabeça, para cima e para baixo, pelas ladeiras do morro.

Na verdade, ele até gostava de ir à casa da mulata porque era sempre bem recebido. Rosário lhe servia café e conversas amenas que entremeava com discretos queixumes sobre a sua vida dura e difícil. Dom Pepe às vezes demorava-se nessas visitas. Talvez porque se sentisse bem ali. Talvez porque ela deu de caprichar em perfumes, banhos e simpatias nos dias certos em que ele costumava vir para cobrar sua dívida. Ninguém sabe. Como ninguém sabe também até hoje da tarde em que ele se demorou tanto a ponto de perder um compromisso com um merceeiro lá da Gamboa, que também lhe devia uma certa quantia. Ninguém ficou sabendo, mas isso porque, quando Dom Pepe saiu da casa dela, nem Rafaelzinho havia chegado ainda da escola, atrasado em brincadeiras com os outros meninos, nem havia gente na rua naquela hora em que o sol se derreava horizonte adentro e já quase também não havia mais luz. Mas o sorriso do espanhol estava visivelmente iluminado enquanto se esgueirava entre as errâncias do anoitecer, murmurando baixinho uma canção de sua terra.

Padre Ernesto se multiplicava em culpas e penitências sem conseguir o alívio e a absolvição para os pecados que alugavam cômodos no vil pardieiro em que havia se transformado a sua pobre alma. As recordações dos tempos de bonomia e carinho que teve com Rosário todos aqueles anos o consumiam com sentimentos tão contraditórios que seu coração não conseguia se entender com eles. Um sobe e desce de bem-estar, censura, regozijo e condenação o tomava, sem nem lhe dar ao menos a chance de esses sentimentos alternarem-se no seu interior. Tudo era ao mesmo tempo e com uma intensidade avassaladora. Era frequentado tanto pelo êxtase do bem-bom que era simplesmente o estar com ela, em qualquer fresta de tempo que subtraíssem à rotina para se entregarem a dengares e maravilhas, quanto pelo amor de Deus, que requisitava dele uma atitude também amorosa, mas contrita, porque não se dava a amores de esfregação como ele se comprazia em se dar com Rosário e ela com ele. Para aplacar essas tempestades em seu coração, que era como uma nau perdida na borrasca, rezava e rezava em busca de perdão.

Rosário gostaria talvez de esquecer aquele carinho todo que foi se aninhando no seu coraçãozinho incrédulo por um homem agora dividido entre o afeto e o bem-querer por ela e o amor a Deus. De tudo que sabia fez ela para apagar a lembrança do toque gentil, mas desejoso e ávido, da pele branca dele sobre a dela.

Até a mandingada, que jamais encomendou para ter o carinho de Ernesto, porque não precisava, ela se dispôs a fazer e cumprir para esquecer o bem-bom do seu abraço, ou ser esquecida por ele, que era o que achava que o padre deveria estar tentando fazer naqueles dias em que nem notícia nenhuma da saudade que ele também sentia dela a mulata teve. Emplastos, rezas, despachos e toda sorte de simpatias fez Rosário, esquivando-se pelas noites com alguidares e apetrechos. Nunca teve sucesso. Enquanto isso, o coração de Ernesto ia e voltava rezando pela absolvição do que, fosse o mundo certo e justo, não deveria jamais ser pecado. Porque tanta ternura e mansidão, mesmo embaraçadas ao remorso culpado e ardido dos tementes, não poderiam ser condenadas por uma fé que tivesse o amor entre seus mandames. Perguntava-se ele, dia após dia de clausura, o que seria então.

Até que, em uma hora imprecisa de uma daquelas tardes de recolhimento e oração, atinou-se de que o que sentia só podia ser mesmo o amor verdadeiro e pleno de toda a graça, e não apenas a luxúria confeitada de delicadezas. Era, só podia ser amor o sentimento rubro e forte que lhe afogueava as faces só de se lembrar dos perfumes com que a mulata impregnava a gentil penugem do cangote, e ele tinha a singeleza dedicada em saber esperar e esperar pelo momento de se revelar sem provocar nela as aflições perturbadoras que às vezes um sentimento assim pode causar em uma mulher, por mais amada ela seja.

Nenhum deus de nenhum céu ou de religião qualquer haveria de condenar um vivente por amar um amor como aquele. O antigo deus de Abraão, que também era tumultuadamente compartilhado por outras religiões sobre a Terra, assim como com outras divindades avulsas, qualquer deus, enfim, haveria de acolher aquele sentimento sem censura ou condenação. Mesmo que ele e sua modesta alma de franciscano só conseguissem compreender o que sentiam aos retalhos, fragmentariamente. Ora pelas delicadezas que reinavam nos seus encontros furtivos, ora pelas saudades benfazejas engendradas durante as ausências e pelos eventuais desencontros, ou pelas promessas que as ferinas ironias dela nem sempre encorajavam, mas em que o padre fervorosamente acreditava.

Ainda que não conseguisse compreender tudo o que se dava com ele, por tão pleno, sua alma se tomava toda desses sentimentos. E nenhuma alma pode ser medida a palmos e fita métrica. Assim como em Isaías 43.25: *"Eu, eu sou o que apaga as tuas transgressões por amor de mim, e dos teus pecados não me lembro"*, Deus haveria de esquecer tudo, porque seu divino amor a tudo perdoa. Até o que as almas desgarradas não compreendem. Assim que esse pensamento atravessou o seu coração, experimentou o padre um alívio enorme tomar seu espírito e, logo após, o corpo também.

Os olhos verdes fechados, tudo era tão leve nele e no mundo que uns torpores percorriam suavemente a superfície de sua pele muito branca, e se lhe entranhavam corpo adentro a começar pelos ouvidos. No rosto do padre uma expressão serena, mas que vinha de dentro de uma alma risonha e feliz de se comprazer consigo e desejosa também de comungar com o mundo. Sentindo-se assim tão desprendido e leve, de repente teve a nítida impressão de que sua cabeça já não tocava a fronha de linho do travesseiro. Nem em suas costas largas sentia mais as irregularidades encaroçadas do colchão forrado de lençóis suados de tantas noites em vigília e sobressalto. Não quis abrir os olhos porque a sensação que experimentava era de tanta tranquilidade que qualquer movimento poderia desmanchar aquela tão bem urdida combinação de leveza e plenitude. Tinha a impressão de pairar sobre a cama e as coisas do mundo.

Um estrépito longínquo e repentino subiu pelo que restava da ladeira da Ajuda, infiltrou-se pelas persianas da janela e ecoou pelos cantos obscuros do seu quarto no mosteiro. O barulho tirou o padre daquele estado de desaflição produzido pelo entendimento do sentido mesmo do perdão. Era a primeira casa que ruía pelo efeito da água que jorrava farta e agressiva pelas mangueiras recém-instaladas no Morro do Castelo para acelerar o desmonte da montanha. O prefeito, que havia tomado para si a tarefa de derrubar o morro, havia contratado uma empresa americana que usava esse processo de jatos d'água, mais novo, eficiente e econômico, mas que, entretanto, consumiu muitos contos de réis além da estimativa original para a derrubada.

As urgências podiam ter lá os seus fundamentos. Muito embora nenhum morador do Castelo ou que residisse nas cercanias da Misericórdia tivesse pressa, a Grande Exposição se aproximava e era absolutamente necessário que o morro e os pobres empoleirados em sua carcunda saíssem do caminho iluminado que o prefeito e os seus iguais na sociedade haviam traçado para a vitrine do país que seria montada no centro da capital do Brasil. Os visitantes de outros países, que certamente viriam, precisavam saber e ver com os seus próprios olhos azuis de estrangeiros do que éramos capazes. Como se já não soubessem e mesmo assim continuassem a nos olhar com o velho e costumeiro desdém. Alguns doutores engenheiros criticavam, não os custos, porque o dinheiro não era deles, mas as consequências temerárias do modo como se aterrava a grande enseada desde a praia do Russel até a Ponta do Calabouço, com a lama dos desbarrancamentos e demolições do casario, das muralhas antigas, da História e de terra. Muita terra mesmo que Deus deu.

Que se danassem os críticos. Isso de despejar a lama diretamente no mar, segundo os abalizados planos da prefeitura, era tanto para acelerar os trabalhos quanto para economizar o dinheiro gasto com vagonetes e trilhos para transportar os entulhos do desmonte até a enseada. Como economizar o que já havia sido gasto — porque os vagonetes já haviam sido comprados — é que ninguém explicou direito, mas esse povinho encardido é mesmo meio obtuso para entender certos artifícios da economia. E quem não entende fala por maldizer apenas. As maledicências, o prefeito não contestava para não descer a ponto de dar imerecido viço a futricas. Respondeu, sim, mas apenas aos seus pares engenheiros, com argumentos técnicos, ponderados e respeitosos. Ao povo desalojado, respondeu com autoridade. Era preciso e pronto. Ora essa!

O longo período de resguardo e meditação nas dependências do antigo mosteiro dos capuchinhos durou até quase o meio do ano e teve suas consequências. A Ernesto serviu para ter certeza de seus amores por Deus e por aquela mulher bonita, mulata e abnegada, que lavava roupas ao sol feito uma penitente, e que atendia pelo nome de Rosário. Ela mesma é que não tinha lá mais tantas certezas assim, ou nunca teve, mas sempre soube dissimular muito bem suas hesitações. Lá embaixo o mundo continuava a se desmanchar em escombros e lama, e é sabido que certas coisas, depois de desfeitas, não se refazem mais. Dom Pepe veio outras vezes à casa de Rosário, mas agora em horas claras do dia, e se deu aos cuidados de esperar Rafaelzinho voltar da escola para lhe dar brinquedos comprados na rua do Ouvidor. Ao tomar o rumo da casa confortável, pintadinha de amarelo, que dizia ter no subúrbio onde morava, ainda antes de adentrar a noite, Rosário e Rafael acenaram para ele da varanda, até que o espanhol dobrasse a curva da ladeira da Misericórdia morro abaixo.

Padre Ernesto, livre de dúvidas e atormentações, descalçou-se de suas sandálias franciscanas antes de comunicar aos seus irmãos de fé a decisão de pendurar a batina. Descalço, sem a humildade de suas sandálias, diante do seu superior, a barba por fazer, os olhos verdes serenos, discorreu em voz calma e pausada sobre o que havia se pacificado em sua alma desaflita e livre de homem. Acreditava por certo em um deus compassivo e generoso, sem barbas, sem bata branca, panejamentos profusos e outras barroquices. Um deus sem os truques de michelângelos renascentistas. Mas não haveria de conviver mais tempo com o fausto e com a hipocrisia das igrejas, fossem elas dedicadas a que deus fosse. Não poderia haver, por exemplo, respeito ou coerência qualquer, senão acintosa ostentação, nos ouros e ouros a se rebuscarem em volutas caprichosas sobrepostas no interior da capela dedicada a São Francisco, o santo pobre, que ficava no alto de Santo Antônio, outro morro também condenado a desaparecer um dia. Não haveria mais de conviver com aquelas irônicas contradições, com a ostentação e a impiedade mal travestidas de fé e devoção.

O superior, dois grossos anéis nos dedos nodosos, sentiu o golpe, mas se conteve, obsequiosamente, como convinha à situação. Entretanto, sentiu-se na obrigação de defender a casa. As instalações, os prédios, os pertences e os haveres da Igreja diziam do poder de Deus e da graça que derramava generosamente sobre sacerdotes devotados ao cumprimento de sua missão, não para desertarem ou se darem a desfrutes, mas para honrarem a obra do Senhor com humildade, reverência e fé. Estudara o caso de Ernesto desapaixonadamente. Com o olho da razão vinha examinando o resguardo e o recolhimento do qual agora emergia em tão desafiadoras empáfias. Torcia os anéis nos dedos amaciando a própria impaciência, para finalmente concluir que aquela rebeldia, toda aquela soberba, tinha a ver com mulher. Não seria a primeira vez que acontecia na Igreja de Deus e dos santos. Ele tinha certeza. Só podia ter a ver com algum rabo de saia. Era o comum. Provavelmente alguma paroquiana de ombros roliços, cadeiruda e oferecida o havia enfeitiçado.

Ernesto, indignado, tomou imediatamente as dores daquela que nem estava ali naquela hora para se defender de tão venenosos predicativos. Passou por ofendido ele próprio, porque oferecida era alguma coisa que Rosário definitivamente não era. As hesitações e ambiguidades dela, o padre tomava quase sempre por recato, quando não por alguma ironia chistosa. Para ele a mulata era recatadíssima. Depois, livre de culpas que se sentia, deixou escapar que ombros roliços ela tinha, sim, e ancuda bem que era também. Lindas ancas, aliás. Mas não haveria na vida de ninguém nada melhor e mais benfazejo feitiço do que o dengo manhoso com que ela o acarinhava quando estavam a sós. Mas oferecida, não. Isso ela não era, mesmo. Ele a amava com um amor que nenhum deus haveria de condenar, por puro e sincero, e irresistível por sua intensidade. Era um sentimento que o fazia reconstituir-se como ser de Deus que era, e fez restabelecer, no seu coração contaminado das regras e da hipocrisia com que conviveu por tão longos anos, o orgulho de pertencer à raça humana. Foi o amor a sua redenção.

Foi contando aos poucos e aos pedaços ao superior e a seus irrequietos dedos, que se contorciam em contidas exasperações a cada revelação, de como o desejo carinhoso medrou e voltejou em seu peito até prosperar e se transformar naquele sentimento redentor por uma mulher tão senhora em se dengar com ele. Contou dos descaminhos que os seus quereres percorreram, ouvindo segredos dela no confessionário, para depois progredir em afetos, mesmo entre culpas, até se libertar dos receios e preconceitos, para ousar pisar no chão de um sonho de felicidade discreta e singela, que haveria de morar em uma casinha simples, por trás de um jardim de vaidosas roseiras, orgulhosas de suas belezas. Sentia-se, afinal, depois do longo período de recolhimento, pacificado, porque revigorado e restituído de sua humanidade. Estava feliz por ter-se novamente como um comum, mas homem outra vez e, portanto, um ser de Deus, porque todo homem é obra do Onipotente.

O superior parou de retorcer os anéis nos dedos impacientes e sorriu malicioso. Então ele estava certo. Havia mesmo uma mulher na história. Mas não era de uso um pecador ter gosto assim por seus pecados. Era hora de arrepender-se, ou de, pelo menos, demonstrar algum arrependimento, para não chafurdar no pecado da luxúria e da devassidão a que se dava o desplante de chamar de amor. O amor de todo servidor da Igreja só a Deus deve ser dedicado. Porque somente o amor ao Altíssimo faz sentido. Apenas o amor divino é real. Deus é que é o amor. Mas se Ele é amor, é lei também para um sacerdote. E Ernesto não só transgrediu a Lei Canônica, como se municiou de razões absolutórias para se dar por feliz, orgulhoso, até mesmo envaidecido de fazê-lo.

É o tamanho da transgressão que dimensiona a pena do pecador. Independentemente de com quem tivesse o padre pecado, a excomunhão era o adequado num caso como aquele. E, naquela situação, era de todo oportuno que a aplicação da pena precedesse o escândalo que seria quando tudo viesse à tona. Aliás, quis muito saber o superior com quem andara Ernesto pecando, e que pecados teria praticado, e quanto, que o teriam deixado assim tão feliz, com aquele ar de bem-aventurança estampado no rosto sem ruga qualquer de preocupação. Mas Ernesto preservou ciosamente para si o nome de Rosário, para que a ameaça de excomunhão não alcançasse a mulata, cujo maior pecado foi acreditar, se é que chegou mesmo a acreditar, no amor dele. Além de que, soava estranho falar em fraqueza da carne em relação a ela, quando a carne era nela justamente uma força imensa, guiada por uma extrema suavidade, molhada de dengos insuspeitos e tanta ternura que um cristão era capaz de ir aos leões só para poder viver um momento assim na vida.

Padre Ernesto conhecia a Lei Canônica. É de anátema o caso daquele que incorre na gravíssima falta que é o pecado da carne. No caso dele, sacerdote, a ofensa era ainda maior pelo descumprimento deliberado, consciente e tantas vezes reiterado do dever da castidade. As coisas só pioravam quando se considerava que ele havia se dado a esses ardores com uma mulher casada. Ainda que viúva agora estivesse, ele sabia que o infiel incorre na pena no momento em que comete a falta grave previamente cominada pela lei. Ernesto também reconhecia a violação do segredo da confissão em benefício próprio, movido pelo desejo e pela concupiscência. Excomunhão *latae sententiae*. Poderiam as instâncias eclesiásticas superiores naquelas circunstâncias deliberar por declarar ou não o anátema, mas desde logo sua conduta enquadrava-se na previsão. Ele sabia a consequência e não se importava de impor-se a excomunhão que certamente cabia naquela situação descrita em minúcias na Lei Canônica

Libertava-se ainda mais pela aceitação de sua pena, por drástica que fosse.

Estava livre agora para conjugar em todos os tempos e modos os verbos de seu querer pela mulata Rosário. Amar, beijar, dengar, abandonar-se ao bom de estar com ela. Estava desimpedido para viver os afetos sem megusmeios, sem confinar-se a desvãos escuros de luz do dia. Podia dedicar-se à construção de uma vida com ela que não precisaria mais ser sub-traída à rotina de hipocrisias, vigilância constante, fingimentos e disfarces que precisaram prevale-cer até então para preservarem-se mutuamente do alheio. Havia que uma das consequências da exco-munhão para ele era não poder receber sacramentos, mas ninguém poderia desejar maior sacramento do que a realização de um amor. De seu desdobrar na rotina concreta de um dia depois do outro com ela seria feito o seu futuro de bem-aventurança. Amém.

10

Em respeito às gentilezas e reverências devidas à tradição e ao costume, passou o padre ainda aquela noite no mosteiro, a convite do superior, mas já com o espírito em festa, e rejubilando-se de ter se reencontrado a si mesmo e de ter resgatado um amor tão claro do meio de sentimentos confusos e um tanto obscuros. Ernesto, a bem dizer, nem dormiu naquela noite de estrelas fartas no céu sobre o Morro do Castelo. Deitou-se na cama, mas a cabeça e o coração dele nem estavam lá, mas já na varanda entre as avencas, em casa de Rosário. A madrugada trouxe o barulho espalhafatoso de máquinas hidráulicas e vozes de operários e pessoas se mudando, carregando coisas, ferramentas, trouxas, móveis e panelas para lugares distantes do Castelo e da Misericórdia.

Os proprietários das casas de cômodo foram indenizados, receberam as suas ninharias e foram armar seus pardieiros e calojis em outras freguesias. Casas foram construídas na Tijuca e na Glória para os que foram despejados, mas não em número que bastasse a quem precisava, e a qualidade também deixava muito a desejar. Todos os dias uma família se mudava do morro para não se sabe onde. Cada qual para um lugar mais distante do que o outro. Teve quem voltasse para o interior, para as suas cidades de origem, mas boa parte das pessoas arranjou um longe mais perto, no subúrbio, no Encantado, Santíssimo, ou no Engenho de Dentro. Teve quem se arranjasse para as bandas da Cidade Nova, para onde uma outra leva de desalojados já se havia deslocado anos antes, com a abertura da avenida Central. Marinheiros e embarcadiços, estes se fizeram ao mar sem volta. Tatuadores mudaram-se para ruas e becos infectos mais perto do porto. A antiga Sé resistia no mesmo lugar ainda, mas estava com os seus dias contados. O prefeito, depois de obter as permissões dos ministérios da Marinha, Viação e Fazenda para as demolições, havia conseguido também o consentimento eclesiástico para demolir inclusive os prédios da Igreja no morro, graças a conchavos diretos com o próprio Cardeal Arcoverde. A mudança da igreja dos Capuchinhos para a Tijuca já estava acertada. Os ossos do fundador da cidade e o marco com o padrão português também seriam transferidos para lá, onde ninguém se lembraria mais deles.

Ao sair, os sapatos paisanos e grosseiros de Ernesto pisaram apressadamente a luz do sol sobre a soleira de pedra da entrada do mosteiro. As pernas, agora livres dos embaraços da batina, tomaram apressadamente a direção da casa de Rosário, mas nem ela nem Rafaelzinho estavam lá. A mulata havia saído bem cedo, trouxa de roupa à cabeça, no rumo da casa de umas freguesas lá embaixo na cidade, onde tinha entregas a fazer. O menino estava para a escola e só voltaria depois da aula, ou ainda mais tarde, depois de se perder nas brincadeiras pelas ruas. Ele ficou meio desapontado de não poder dar logo a ela as notícias sobre os novos rumos que se inauguravam em sua vida, mas, depois de hesitar um pouco, resolveu descer o morro, para procurar hospedagem, um lugar qualquer para ficar enquanto se acertava.

As economias que trazia consigo, depois de anos de dedicação às coisas da fé, mal davam para pagar um quarto numa pensãozinha fuleira por um ou dois meses, a depender da quantidade de percevejos nas roupas de cama com que estivesse disposto a conviver. Quanto mais percevejos, mais barato o quarto. Não demorou a encontrar um pouso. Não era lá grande coisa. Um quartinho na rua do Resende, com cama, lençóis encardidos mas limpos, mesinha de cabeceira, um aparador e um guarda-roupa com uma única porta. O banheiro ficava no fundo de um corredor não muito iluminado, mesmo nas horas mais claras do dia. Era escassa e leve a bagagem que carregava consigo na pequena mala forrada de pano grosso e bem cáqui. Mesmo assim, a longa caminhada de indagações e buscas pelas ruas do Centro até os meandros da Lapa lhe deu fome. Então ele sentou-se para comer em um restaurantezinho simples, com toalhas brancas à mesa, com a dignidade feliz de um homem comum pela primeira vez. Depois do almoço, teve sono e voltou ao seu modesto cômodo na rua do Resende, onde dormiu sem tirar os sapatos até o meio da tarde.

Destino é costura. A agulha do inusitado vai juntando os pedaços do possível, mas cose tudo meio ao acaso, indiferente, usando a linha do inesperado e os fios da conveniência, e quase sempre é secundada por um dedal de improviso. Ao fim, tem-se uma colcha de vagos e improváveis retalhos. Desse jeito é a vida de todo mundo. Mesmo assim, todo dia alguém se surpreende com o que o destino lhe reserva, mas não há com o que se espantar por nada. Viver tem de tudo, mas nem tudo é o que se espera, ou vem a ser razão para o desespero. Ernesto despertou já com saudades de seu futuro com a mulata Rosário. Rosa, querida Rosa, sonhava ele. Haveria de chamá-la assim na intimidade de seus dias, mas não na frente dos vizinhos. Um nome e um segredo carinhoso para compartilharem no cotidiano. Já acordou pronto para sair porta afora. Desceu a rua do Resende até embarafustar-se apressado pelos caminhos que atravessavam o casario desalinhado sob os Arcos, tomou a rua do Passeio, cruzou a avenida Central e seguiu pela rua de Santa Luzia.

De longe, a demolição do morro tinha um aspecto tenebroso e inevitável de um sinistro de grandes proporções, dessas catástrofes sem controle que se abatem sobre as gentes. A praia em frente à igreja dedicada à mesma santa protetora dos olhos, janelas da alma, parecia um cenário vencido pela guerra. Lama e destruição jorravam bombeadas das mangueiras e se espalhavam sobre as areias brancas, embarreando também o mar, que suportava aquele grande ultraje sem entremostrar revolta. O agora cidadão Ernesto, homem livre para amar seu amor sem ter que se esgueirar em subterrâneos insalubres e escuros, continuou seu caminho. Contornou o prédio da Santa Casa, benzeu-se como todo cristão diante da capela de Nossa Senhora do Bonsucesso e encarou as ingremidades pedregosas da ladeira da Misericórdia. Havia muito já não era possível se chegar ao Morro do Castelo pela ladeira da Ajuda por causa da destruição causada pelas obras do desmonte. Sobravam a ladeira do Castelo, cada vez mais comprometida com o vaivém de operários, máquinas e mudanças de gente que ia embora, e a da Misericórdia.

Ernesto nem respirou direito para se recompor da subida que concluiu já entre o lusco e o fusco. Foi direto à casa de Rosário e, no portão, encontrou Rafaelzinho, que também chegava justo naquela hora. O menino tomou-lhe a bênção como era do costume fazerem todas as crianças, mas estranhou vê-lo assim, em pernas de calça. Ernesto, na sua nova condição, não se sentia à vontade naquela circunstância. Queria dizer algo ao menino, mas era a

Rosário que queria contar primeiro. Deu a mão ao pequeno Rafael e entraram os dois pelo portãozinho de ferro, que nem rangeu seus costumes quando foi aberto. O menino subiu os degraus da varanda na frente, mas esperou por ele para entrar na sala. Foi bem naquela hora que ambos se depararam com o inesperado. O destino é a costura dos acasos com as oportunidades. A mulata e o espanhol estavam enlaçados num abraço enamorado e demoraram a dar por eles. Rafaelzinho ficou paralisado entre a surpresa e a indignação de menino. O homenzinho atarracado que fumava aqueles charutos fedegosos e lhe trazia brinquedos de tardes em tardes estava de chamegação com sua mãe. A surpresa e o desapontamento faziam seus olhos de criança piscarem acelerados, talvez numa vã tentativa de apagar a cena de suas retinas. Tudo o que conseguiu foi apenas borrá-la um pouco com algumas lágrimas.

Ernesto, não menos decepcionado, mas muito mais doído que o menino, deu meia-volta antes que a mulata e o espanhol pudessem esboçar qualquer reação. Foi embora sem olhar para trás, caminhando e caminhando apressado ladeira abaixo pela Misericórdia. Ainda ouviu Rosário chamar seu nome da varanda, mas não se deteve. Só afrouxou o passo quando começou a ouvir bem de perto o barulho das ondas quebrando na praia de Santa Luzia, por onde continuou andando no escuro que já fazia dentro e fora de sua alma. Era como ter sido despejado de um sonho. Deste ponto do caminho em diante seu andar tornou-se lento e pesado, tamanha a dor que carregava sobre os ombros. Não era só a esperança de um amor que se esvaía, era também a confiança que, de alguma forma, a despeito de todas as ironias da mulata, ele havia depositado nela. Ainda que não tivessem prometido nada um ao outro, ainda que as esperanças dele não fossem encorajadas por atitudes mais claras de Rosário, sentia-se traído. Uma estupefação pontiaguda o espetava por dentro. Um sentimento duro, dolorido e corrosivo.

Não podia nem se dar ao luxo de arrepender-se. Sua saída da Igreja era irreversível, não havia como nem por que voltar, depois da excomunhão, ao seio de uma instituição onde suas devoções se desencontravam. Caminhar em frente era o que tinha a fazer, mas uma cama com lençóis confeitados de percevejos num obscuro quartinho na rua do Resende não lhe parecia um destino justo. No entanto era o único lugar para onde podia caminhar naquele momento. Não tinha mais para onde ir. Andando naquele início de noite, depois de vencer toda a extensão da rua de Santa Luzia, de onde ainda se podia ver o mar, que no escuro não parecia tão enlameado e sujo com os despojos do Morro do Castelo, Ernesto errou por todas as vielas e becos possíveis, retardando seu retorno, até chegar ao seu obscuro cômodo na rua do Resende. A custo subiu as escadas cambaias do sobrado, tudo lhe pesava. Deixou-se cair na cama como um fardo, abandonado de si mesmo, e dormiu um sono entrecortado de sustos e sobressaltos.

Sua primeira noite de homem do mundo foi povoada de barulhos que não existiam no mosteiro nem no Morro do Castelo, onde, nos bons tempos, antes das máquinas e dos operários, apenas cachorros distantes latiam para outros cachorros ainda mais distantes e quebravam o silêncio pesado das suas insônias. Ernesto foi incomodado aquela noite inteira por toda sorte de ruídos inconvenientes. Gente que dava descarga no banheiro no meio da madrugada, vozerios repentinos pelo corredor que sumiam em alguma porta que batia antes que se pudesse reclamar, rangeres que atravessavam as paredes, entravam pelos buracos da fechadura e não o deixavam dormir o justo sono que o seu cansaço requeria. A manhã alta o colheu ainda sentado na beira da cama, a barba crescida, os cabelos em desalinho e aparentando estar mais cansado do que quando se deitou. Tentou esticar-se de volta no leito amarfanhado, mas, com a mente acesa de lembranças e o coração desassossegado de mágoas, o corpo não se acomodava de volta às cobertas. Virava, revirava e irrequietava-se, inconformado com a sombria realidade.

As recordações cavalgavam vertiginosamente a sua alma. A voz de Rosário chamando por ele ainda ecoava em seus ouvidos. Ernesto bem que ouviu o chamado dela, no dia anterior, logo depois de ter dado meia-volta, estarrecido com a cena inesperada do abraço, mas simplesmente não conseguiu parar de andar. Um desassossego enorme o acometia e ele contorcia as mãos espremendo os dedos magros uns contra os outros. A tristeza rasgava sulcos profundos na sua face. Sob os olhos verdes e as pálpebras semicerradas, olheiras completavam o aspecto desolador que ilustrava bem o sentimento que prevalecia em seu espírito. Com que então a mulata Rosário, aquela mesma mulher que havia perguntado a ele um dia sobre a firmeza de seu propósito de viver com ela em alguma casinha num subúrbio qualquer para além de seu sonho, já tinha arranjado alguém mais a quem dedicar seus chamegos. Logo ela, para quem a imaginação dele montou casa, onde morou com seus doces delírios até ser despejado assim, feito um inquilino inadimplente e indesejável.

Ele que submetera ao filtro da parcimônia e da ponderação, por meses a fio, todas as emoções que antes percorriam vertiginosamente os meandros do seu coração. Agora, exaurido, sentia a mágoa encher suas veias de sentimentos que desconhecia. Sim, porque Ernesto não se reconhecia neles. Não era ódio, era uma profunda tristeza e uma inconformidade parva, vencida pela circunstância. Não era raiva ou revolta, mas um desapontamento que desembocava em desejos obscuros de morte ou de dor. Não se pode dizer que não lhe frequentaram naipes de variados rancores, que ele logo tratou de exorcizar por meio de orações e penitências que se impôs. Mesmo excomungado, conhecendo a corrosividade do rancor, lutou contra ele com as armas que tinha. Oração, alma contrita, humildade para se reconhecer em sentimentos estranhos e a crença em poder remir-se pela reza, tarefas corretivas e atitudes altruístas. Ele havia abandonado a batina, mas a batina não o abandonara totalmente ainda.

Passou os dias seguintes sacudindo de si o velho hábito capuchinho que ainda se apegava a ele embaraçando seus passos, ao mesmo tempo que também era atravessado por sentimentos cada vez mais medonhos. Enfrentava o que sentia sem sorrir falsamente para a tristeza, e também sem conseguir alegrar-se com o simples e o corriqueiro transcorrer de um dia sem solavancos e barulhos de casas e prédios desabando, de toda uma montanha sendo destituída de sua majestade. Não conseguia se entender com o que lhe acontecia. Porque, mesmo pisando no firme assoalho de tábuas de seu quartinho, de saber da demolição do Castelo, era como se o mundo se desmanchasse sob os seus pés. Precisava de uma explicação. Tristeza e desolação infiltravam-se pelas persianas do quarto e já era tarde quando ele resolveu sair.

Não sabia bem ao certo aonde ir, mas não queria deixar-se ficar boiando inerte naquela melancolia, esbarrando e detendo-se em tristezas como um pau de enchente na enxurrada. Em busca de uma explicação, já na rua, decidiu voltar à casa de Rosário. Talvez ela tivesse alguma coisa a lhe dizer, algo que fosse capaz de aplacar o estarrecimento dolorido que recobria o seu espírito de melancolia, em camadas e camadas ardidas e sucessivas como numa cebola. Fez novamente a pé todo o percurso do dia anterior desde a rua do Resende e enfrentou a ladeira da Misericórdia outra vez.

O alto do Morro do Castelo desfazia-se sob os jorros intensos de água das mangueiras. Casas e cascalho rolavam montanha abaixo até desabar no mar, enfeando tudo com barro e detritos. No meio das coisas que desciam, objetos usados, gamelas e utensílios escorriam entre os escombros. O largo em frente à igreja praticamente já não existia mais, dissolvido em entulho e lama, e Ernesto teve de contornar os degraus de pedra da igreja que ainda restavam, já que, excomungado que era, não podia mais pôr os pés em solo sagrado. O desmanche aproximava-se, mas ainda estava longe da varandinha de avencas da casa da mulata.

Ernesto espiou por cima do muro. Havia roupa estendida nos varais do quintal dela, mas ninguém em casa outra vez. Uma vizinha o reconheceu e acenou para ele, gritando com sua voz de lavadeira uma saudação esganiçada lá do outro lado da rua. Rosário não tardaria a chegar. Aliás, havia combinado de voltar justo naquele dia. Estava recolhida para uma obrigação, mas tinha ficado de vir buscar Rafaelzinho, que estava em casa de outra vizinha, lavadeira também. Coisa do santo. Preceito do terreiro que Rosário passou a frequentar na Cidade Nova, depois que João Gambá se mudou do morro também. A vizinha dava o serviço com a sua naturalidade indiscreta de lavadeira. A mulata e o filho estavam de mudança. Todo mundo, até ela própria, teria que se mudar do Castelo. Se ele quisesse esperar, que atravessasse a rua e entrasse. Não se desse a cerimônias com ela. Ofereceu a casa, onde havia café fresco no bule, uma cadeira meio cambeta na varandola, e mais água na chaleira se fosse preciso. Mas o que ela queria mesmo era saber por que o padre estava assim, em pernas de calça.

Ernesto bem que tentou ser econômico e discreto em suas explicações, mas não havia como ser breve com um assunto daqueles. Um padre deixar a batina era assunto para o resto da vida de comentários. A verdade é que ele já havia se debruçado sobre suas contradições a respeito do amor a Deus e à carne, sobre os amores por que o coração se entorna em delícias e regozijos, nos seus dias de meditação e recolhimento. Agora amargava a decepção, a tristeza e a dor, e não tinha vontade nenhuma de falar. Amar outra pessoa é ver a face de Deus, mas ser amado por alguém por quem se tem amor, isso é ser notado pelo Criador. Não ter um amor no mundo é cruel, mas o orgulho é ainda mais cruel do que toda a indiferença. Ele, entretanto, jamais desceria a aspectos tão íntimos com a vizinha faladeira de Rosário. Deliberadamente, economizou a lavadeira de certos detalhes pela discrição e pelo comedimento que lhe eram peculiares. Mas a vizinha, que saboreava o que podia das novidades pela primeira vez, estava curiosa mas também muito tocada com a história. Verdadeiramente impressionada com tudo aquilo que tinha acontecido praticamente diante de sua porta sem que ela ou alguém mais no morro percebesse. Ninguém poderia mesmo desconfiar daquilo que não viu. E não havia quem houvesse notado qualquer sinal durante todos aqueles anos. Agora tudo se desmanchava.

Para evitar o constrangimento de ter que se expandir mais sobre assunto tão delicado e pessoal, Ernesto agradeceu o café e a hospitalidade e despediu-se. Talvez fosse melhor voltar em hora mais propícia. Já ia tomando seu rumo ladeira abaixo pela Misericórdia quando avistou Rosário subindo, soberba e altiva, a cabeça envolta em um rico ojá estampado, feito do mesmo tecido da sua saia rodada, guarnecida de anáguas e anáguas engomadas. Os colares de contas coloridas que envolviam seu pescoço debruçavam-se sobre o seu colo e se embalançavam ao sabor da cadência das cadeiras dela. O carnaval já ia longe, mas quando ela andava era como se uma batucada qualquer, vinda não se sabe de onde, enchesse o mundo de sons e de ritmo só para acompanhar o seu passo. Ele, de longe, ainda se comovia todo com o andar dela.

A mulata não percebeu imediatamente Ernesto parado em frente ao portão de sua casa. Veio vindo ladeira acima no seu passo sem pressa, espalhando sua cadência majestosa sobre as pedras do calçamento, até dar de cara com as interrogações todas no rosto dele apenas quando já estava bem perto. Alguém que a conhecesse bem teria notado um lapso fugaz de surpresa e hesitação no seu andar cadenciado justo nessa hora. Mas a verdade é que ninguém a conhecia assim tão bem e ela continuou caminhando como se nada houvesse acontecido. Apenas recurvou discretamente para cima os cantos dos lábios carnudos numa dissimulação risonha que Ernesto já conhecia, e que era como se ela mordesse as ironias para que não lhe escapassem da boca. Rosário pensou acertadamente que não haveria de encontrar as respostas para as perguntas todas estampadas na cara dele ali na rua, sob os olhares curiosos das vizinhas faladeiras, e o convidou para entrar em casa.

As avencas maltratadas na varanda viram Ernesto hesitar um pouco antes de entrar. Mas não puderam ver as novas indagações que se formaram no rosto dele depois que entrou na casa e viu as coisas todas embaladas em grandes trouxas, móveis desarrumados, alguns de pernas para o ar, mas ordenadamente encostados à parede, como que esperando a vez de serem levados para algum outro lugar. Ela e o menino estavam de mudança, aliás, como todo mundo no Morro do Castelo. Iam morar na casa grande de paredes pintadas de amarelo, com quintal e varanda, que Dom Pepe tinha em Todos os Santos.

O casamento teria festa e já estava marcado para o mês seguinte. O futuro do menino estava garantido. Rosário foi respondendo assim às perguntas que Ernesto nem conseguiu fazer de atônito que estava com tudo. Ainda mais com aquilo de ela frequentar casa de santo na Cidade Nova e dar-se a crendices e bizarrias.

Viver é sempre duvidoso e incerto. Mas o amor é mais duvidoso e ainda mais incerto. Ele nos faz promessas que a gente é que paga de joelhos sobre o áspero chão da realidade. Ninguém pode ser tão feliz quanto o amor promete. O destino de uma mulher se traça desde cedo e tem pouca chance de ser diferente. O amor não era para ela, que precisava pensar no futuro, no dela e no do filho. Era viúva, e a segurança e a estabilidade que um homem, de preferência gentil, mesmo que meio parvo, pudesse proporcionar era muito conveniente e necessária. Quando ela procurou Ernesto, ele só pôde oferecer a insegurança do seu sentimento, dúvidas e utopias. Uma casa de sonho com um jardim imaginado, onde plantava roseiras e fantasias.

Não se sustenta uma casa, nem se cria um filho, com sonhos e improváveis aulas de latim. Não que ele não tivesse méritos para ensinar a língua-mãe, mas nenhum colégio, nenhuma escola haveria de tomar como professor um ex-padre excomungado. Com o espanhol haveria de ser diferente, a casa estava lá em Todos os Santos, de pé com suas paredes sólidas e concretas, firmes e amarelas. O amor é bonito, mas incerto e duvidoso, como a vida não pode ser. Como a vida dela e do menino não haveria mais nunca de ser. Despediu-se dele com um sorriso insinuado e uma lágrima que ele não pôde vê-la derramar diante do espelho manchado do toucador provisoriamente encostado à parede da sala, porque ela já estava dentro da casa e ele descendo a ladeira da desesperança. Uma cena comovente e definitiva.

11

Uma certa mágoa, amarfanhada entre as trouxas da mudança e as certezas que a mulata buscava, não passou despercebida a Ernesto. O coração dele sangrava transpassado, tal qual a imagem de São Sebastião, que naquele momento estava sendo rudemente desalojada, junto com outros símbolos da cidade, para as lonjuras da Tijuca. Nos seus sentimentos, melancolias e mágoas profundas também. Não os rancores hostis contra a história, os pretos, os pobres e as lavadeiras, que insistiam em permanecer com a sua teimosia desbocada no caminho dos planos obtusos dos que se empenhavam, em denodado esforço, no arrasamento do Morro do Castelo, mas sim a tristeza viscosa da ilusão vencida por uma realidade comezinha e sem mais sutileza qualquer. O miolo do peito lhe pesava como as pedras que rolavam montanha abaixo, escorregando e se afundando na terra que coloria com uma feiura avermelhada de barro a boa praia de Santa Luzia.

O passado desmilinguindo-se em lama e detritos em nome da construção de um futuro oblíquo e torto, concebido para acobertar a sórdida especulação imobiliária travestida de um sanitarismo febril. A subserviência da mediocridade a serviço do arremedo afrancesado e inconsistente de uma civilização sem glória e sem estilo, derrubando impiedosamente casas, igrejas e a memória de um povo. Um ódio beligerante e sem remorsos a um passado escravagista e tacanho, uma história que precisava ser apagada, esquecida, inscrita nos anais da deslembrança, para que não restassem provas daquela toda boçalidade para macular um futuro que se queria tão risonho. Mesmo que para isso fosse preciso deslocar famílias, desfazer vizinhanças, destroçar lares e a teia de comodidades e conveniências entre os abastados e as lavadeiras. Mesmo que fosse preciso cindir em duas a cidade, circunscrevendo os pobres e remediados aos subúrbios. Porque dos morros, onde os pobres e pretos se dependuravam com a roupa lavada, mas ainda encardida das desigualdades, cuidaria a engenharia de arrasar, demolir, remover.

Assentava-se assim, sobre desmandos e iniquidades, uma civilização envergonhada de se reconhecer tropical, quente e calorosa, apesar da beleza de um sol sensual e feliz que derramava seus dourados sobre o mar visto do Castelo todos os dias ao entardecer. Administrações sucessivas continuariam atentando contra a natureza, o relevo, o contorno caprichoso do litoral, o curso travesso e buliçoso dos rios e o recorte das montanhas contra um céu azul-ciano, que eram justamente o que mais fascinava os viajantes e a gente de fora que vinha dar com os seus costados por aqui. Pouco importava que empréstimos tomados a bancos estrangeiros em nome desses disparates tenham ido forrar os bolsos de gente já abastada por antigas gerações de outras falcatruas. Muito importava a Ernesto era o chão que se desfazia sob os seus pés que insistiam em visitar os doces momentos do passado, apenas cuidando agora para não pisar nos degraus de pedra de cantaria nem em nada que restasse das igrejas e de outros prédios santos e dedicados ao serviço de Deus. Porque a um excomungado é interditado pisar em solo sagrado.

Foram para ele dias de desânimo e desalento, e da mais desorientada melancolia. Ernesto acordava em seu quartinho na rua do Resende e logo saía para escapar dos pensares sombrios que tomavam conta da sua cabeça. Suas noites eram povoadas de sustos e sonhos desmantelados. Fez o mesmo percurso desde a Lapa até o alto do Castelo quase todos os dias durante muito tempo. Dizem que por anos até, mas sobre fatos passados sempre pode haver exagero e controvérsias, quando não maledicências mesmo. No princípio, ele passeava suas angústias e mágoas por entre os despojos do morro que se desmanchava cada vez mais depressa, sob o jorro profuso das águas, arrastando seus segredos de montanha cheia de túneis e galerias escuras e úmidas que davam em salões, celas e claustros, e outras galerias que por sua vez iam dar em lugares ainda mais escuros. Não se sabe se para se comprazer ou para se torturar, deixava-se ficar entre torpores por ali nos passeios ainda não demolidos. Sentava-se em cadeiras e canapés, restos de móveis abandonados ou esquecidos de alguma mudança, e deixava o olhar ir se perder no mar como o sol de cada dia. Ou então semicerrava os olhos e parecia ouvir novamente as delicadezas, os sons, os gemidos e arfares, que eram carregados pelos corredores já meio esgarçados da sua memória até se sepultarem naquelas catacumbas que se desfaziam em escombros. Uma dor atroz e lancinante cortava-o por dentro em grandes fatias como se ele tivesse engolido uma cimitarra moura.

Nunca soube dela o porquê de se dar de frequentar terreiros e cultuar santos estranhos, orixás e calungadas, e de entregar-se àqueles paganismos exóticos. Nunca perguntou. A surpresa foi maior do que a sua capacidade de questionar o silêncio que ela fez por onde manter durante todo o tempo em que dividiram outras intimidades. Jamais imaginou Rosário metida com essas extravagâncias. Logo ela, uma fiel que frequentava a igreja, assistia às missas e se confessava com relativa regularidade. Mas, sim, ela cumpria preceitos, fazia oferendas e despachava ebós. Discreta e clandestinamente se dedicava aos santos, ou que outro nome desse aos deuses peculiares que cultuava, e isso era parte dela, de suas crenças e de suas dúvidas, de seus medos e de sua fé. Era o seu modo de ver o mundo, ou de se defender dele. Um mundo que ele não via nem imaginava nas tardes em que se perdia com ela quando se encontravam nos subterrâneos do morro, ou quando se esbarravam sonsamente pelas calçadas do acaso. Verdade que era uma parte oculta que ela ciosamente preservou dele, apesar de ter revelado outras intimidades com grande entusiasmo e despudor. Olhando por vício e prazer o pôr de um sol que descaía em coloridos quentes no horizonte de seus pensares, concluiu um dia que as mulheres são seres para se amar, não para entender.

Assim que esse pensamento ganhou seu coração, sua respiração se amainou, recobrou um ritmo antigo e apaziguado, e ele sentiu um grande alívio. Levantou-se devagar e caminhou serenamente de volta pelos escombros, depois foi descendo a ladeira de pedregosidades pontiagudas sem nem sentir os incômodos do calçamento irregular a maltratar seus pés. Sentia-se leve de alma e de corpo. O único acesso e a exclusiva saída do Morro do Castelo agora só podiam se dar pela Misericórdia. Desceu por ela já quase flutuando sobre as pedras até onde estaria o mar, mas agora lá só havia um imenso descampado que se estendia a perder de vista. Difícil para quem não conheceu imaginar que aquele deserto barrento já havia acolhido um mar e marolas marotas que se espichavam sobre areias brancas e livres da ganância dos farsantes. Toda a extensa franja de areia que se estendia sensual e curvilínea sobre a enseada, desde o Russel até a Ponta do Calabouço, havia se transformado em uma imensa planície deserta e barrenta.

Nesse tempo, ou um pouco depois, ele já lecionava no Colégio Pedro II, que ficava lá para os lados da rua Larga. Todos os dias, fazia de bonde o percurso até o trabalho. Às vezes pegava mais de um, baldeando no caminho para chegar mais depressa. E ainda bem se abusava em andar no estribo e saltar do bonde andando. Usava roupas claras de linho, era querido e condescendente com os alunos. Na volta das aulas, que ministrava pela manhã, de vez em quando se dava às venetas de descer a pé até a avenida Rio Branco. De lá ele dobrava à direita e andava até a altura da rua de São José, aí entrava à esquerda e caminhava até o final, onde ficava a igreja dedicada ao santo de quem a rua tomava emprestado o nome. Sempre a pé, alcançava a rua Dom Manoel, passava em frente ao Tribunal de Alçada, e ia beirando o que ainda restava de morro e casas, até chegar ao sopé da ladeira da Misericórdia. Então ele subia por ali até o descampado cada vez mais exíguo que sobrava no alto do Castelo, porque ainda era possível se ver de lá o sol se deitar em meio a cintilações alaranjadas sobre um mar cada vez mais dolente e preguiçoso de fazer marolas.

Um travo de dor, menos que um espinho, uma pequena farpa talvez, ainda atravessava seu coração com a tristeza generosa dos que amaram muito um dia. A melancolia dos que viveram os sentimentos e suas consequências até onde o amor pediu que fossem. Tinha lá as suas mágoas, mas não vivia para os ressentimentos. Olhava a vida com esperança e deixava-se tropeçar em encantos e maravilhas por onde passava. Outros tropeçavam em pedras. Deus sabe o que faz. Mas não tinha ilusões. Não pensava na mulata sem dor. Caminhava vigorosamente todos os dias pelos lugares aprazíveis que não cansava de procurar, não só para não ter que encarar os desgostos que dividiam com ele o seu quarto de pensão, mas também para ver a vida passar. Às vezes parava em lugares improváveis.

Sentado nas escadarias do Palácio Monroe, Ernesto refletia sobre a precariedade de tudo o que poderia parecer sólido, ou mesmo apenas provável. Aquela construção imponente às suas costas, por onde entravam e saíam senadores e pessoas, estava ali, e sua sombra projetava a solidez do prédio sobre a terra, mas amanhã poderia não estar mais sendo iluminada pela luz daquele mesmo sol, e isso pelos motivos mais fúteis e estapafúrdios que a ganância e a especulação pudessem engendrar. Os motivos e razões de que precisassem seriam defendidos por justificativas inventadas pela subserviência e pela desfaçatez, compradas a doutos engenheiros e respeitáveis jornalistas pela corrupção dos audazes cafetões da viúva. Já se ia o tempo em que o prefeito que veio depois do sinistro exibiu a penúria em que ficaram as finanças da municipalidade por causa da obstinação da administração anterior em demolir a História e arrasar o pequeno monte e as vidas dos que moravam lá, para permitir a ocupação do solo roubado ao mar e ao morro por prédios ainda mais altos do que foi o Castelo nos seus melhores dias. Tudo, qualquer coisa mesmo, pode se desmanchar um dia. Pensava também na casa, em Santíssimo ou Todos os Santos, onde a mulata Rosário estaria descascando os legumes para a janta. Se existiriam ainda as suas paredes amarelas, ou se já se teriam desmanchado no ar feito a fumaça de algum charuto fedorento.

Nenhum ressentimento nele. Apenas uma saudade amena, que lhe pareceu quase boa de carregar, e que fazia a sua alma tão leve que poderia ser levada de repente, soprada por uma brisa fresca que viesse de algum lugar. Levantou-se dali e foi seguindo pela rua de Santa Luzia, lembrando-se do tempo em que o mar vinha lamber as areias bem ali pertinho. Agora que a esplanada do Castelo ganhava ruas e prédios altos e imponentes, definitivamente não precisavam mais da desculpa da necessidade da circulação do ar que vinha da praia. Os despojos do morro depositados ali esfarraparam a desculpa de anos e anos dos sanitaristas, empurrando o mar para tão longe que ele não haveria de se ousar em ventar por ali mais nunca. Havia muito tempo Ernesto não subia o Morro do Castelo para ver lá de cima o pôr do sol sobre a Guanabara. Fazia um calor intenso, um sol árduo fustigava o mundo. Nem um ventinhozinho qualquer para amenizar nada. Ele benzeu-se quando passou diante da capela de Nossa Senhora do Bonsucesso e começou a subir distraído.

Seu pensamento passeava distraído também. Pensou nela, em Rosário, e no afeto traído. Sentiu ainda uma pontada de dor e mágoa, mas se lembrou também de quantas vezes ele havia fraquejado, pecado e traído. Para estar com ela, com a sua mulata Rosário, havia fraquejado diante de sua fé, diante dos outros religiosos da sua ordem e dos fiéis. Traiu a si mesmo quando não honrou seus votos sacerdotais, traiu a confiança dos seus pares, pecando contra a castidade, e a crença dos fiéis na sua virtude. Durante o longo período de recolhimento voluntário em que viveu no mosteiro, refletindo, meditando e orando, concedeu a si mesmo o perdão por todos esses pecados, porque aquilo tudo era o amor gritando o próprio nome. Naquele momento, Ernesto lembrou-se dos versículos de Mateus 18:21-22: *"Então Pedro, aproximando-se dele, disse: 'Senhor, até quantas vezes pecará meu irmão contra mim, e eu lhe perdoarei? Até sete?' Jesus lhe disse: 'Não te digo: Até sete, mas até setenta vezes sete.'"* Fez suas contas. Precisava perdoar Rosário também. Que

Deus a julgasse quando fosse a hora. Ele perdoava. E sentiu, talvez mais profundamente do que antes, a estranha leveza do perdão tomar seu corpo também, para além do espírito que já se confortava.

Ernesto já tinha dado alguns passos ladeira acima. Aquele iniciozinho da subida era por demais íngreme e indigesto, mas ele não sentiu o natural cansaço reclamar a desaceleração da marcha, nem suava sob a temperatura medonha que fazia. Um vento preguiçoso que não refrescava nada, só tinha forças para revolver o calor, nada mais. Olhou para cima, recobrando a atenção no caminho, e percebeu que não tinha mais morro para subir. Tudo estava acabado. As bombas hidráulicas e o tempo haviam operado o seu trabalho e agora a ladeira terminava no vazio, apenas mais alguns metros adiante. Uma intrigante ladeira que não ia dar mais no alto do morro de suas doces recordações, mas que permanecia lá. Uma ladeira amputada e troncha era tudo o que sobrava da história da cidade e do amor que ele viveu com uma mulata requebrosa de olhos doces e duros. Um monumento patético e irônico à gratuidade de tudo na vida.

Não tinha amor nem destino certo no mundo. Mesmo assim, ou talvez por isso mesmo, continuou andando e subindo. Ainda podia ver os prédios e os telhados das casas, que também desapareceriam um dia por um pretexto qualquer que a ganância inventasse. Continuava a subida ainda sem saber bem por quê. Subia e subia apenas. Não havia quase nuvens no céu. O corpo leve e leve. Ascendia talvez, desapegado e livre de culpas e de mágoas. Já não sentia mais o chão sob os pés, nem dava pela falta disso para continuar seu caminho. Faz muitos anos que essas coisas aconteceram. Muito tempo se passou. Depois de tudo, sabe-se que, de tão leve, ele voou, mas não se sabe para onde. Nunca mais ninguém viu Ernesto na cidade ou em lugar nenhum.

Este livro foi composto na tipologia
Warnock Pro, em corpo 12/16, e impresso em
papel off-white 90g/m² no Sistema Cameron da
Divisão Gráfica da Distribuidora Record.